目次

第一章　脅し文　7
第二章　道場破り　98
第三章　稲荷寿司の味　169
第四章　転がる位牌　258

結ぶ縁　父子十手捕物日記

光文社文庫

長編時代小説

結ぶ縁

父子十手捕物日記

鈴木英治

KOBUNSHA

光文社

第一章　脅し文

一

風に秋の気配《けはい》がかすかに感じられ、御牧文之介《みまきふみのすけ》は立ちどまった。

深く呼吸する。

「どうかしたんですかい」

うしろから中間《ちゅうげん》の勇七《ゆうしち》がきく。

文之介は笑顔で振り返った。

「ちょっとは涼《すず》しくなってきたかな、と思ってな」

勇七が目をあげ、遠くを眺《なが》める。

「そうかもしれませんねえ。空も高くなってきましたし」

勇七のいう通り、青さは濃くなりつつある。頭上に君臨する太陽は強烈な熱を発し続けているが、五日ほど前にくらべたら、わずかながらも勢いを減じていた。

「じき八月ですからねえ、少しは涼しくなってもらわないと困りますよ」

勇七が、腰にぶら下げた手ぬぐいで顔の汗をふく。

「そうかあ、もう八月かあ。夏も終わっちまうんだなあ。勇七、なんか名残惜《なごりお》しいな」

勇七が白い歯を見せる。

「旦那《だんな》は夏が大好きですからねえ」

「だってこうして汗をかくと、働いたって気になるじゃねえか」

文之介は再び歩きだした。

「勇七はいつが好きなんだったかな」

「あっしは別にありませんよ。強《し》いてあげれば、春と秋ですかね」

「ふーん、そうだったっけな。はっきりしねえ季節が好きなんだな」

「どちらも穏やかでいいじゃないですか。どちらかというと秋ですかね。そこはかとない感じが好きなんですよ」

「夏が終わるのを歓迎する口か。それにしても、そこはかとない、か。むずかしい言葉、知ってるじゃねえか」

「昔、手習所《てならいしょ》で習いましたよ。旦那は覚えてないんですかい」

「習ったような気はするなあ、というくらいだな。そこはかとないって、実際にはどういう意味なんだ」

「そうですねえ」

勇七が足を運びつつ腕を組む。

「なにかはっきりわからないけれど、なんとなくそんな感じがするってことですかね」

文之介は感心した。

「うめえ説明、するじゃねえか」

「そうですかね」

勇七が照れて月代《さかやき》をかく。

「いや、旦那、そこはかとないがどんな意味なのかなんて、今はどうでもいいことですよ」

「なんだ、どうした。急にまじめな顔して」

「あっしらの仕事のことですよ」

「そいつか」

文之介は鬢《びん》をがりがりやった。

「わかっちゃいるが、まったく手がかりがねえからなあ」

「旦那、そんなのはいいわけにもなりませんぜ」

「勇七、そうはいっても、嘉三郎《かさぶろう》の野郎、どこにもぐりこんだのか、さっぱりわからねえんだぞ」

「そいつは重々承知なんですけど、なんとかして見つけださないと」

文之介と勇七が追っている嘉三郎という男は、押しこみの一人だった。ほとぼりを冷ますためか、一軒の商家に押しこんでから平然と二年ものときを置ける押しこみの一味で、権埜助《けんのすけ》という男が頭《かしら》をつとめていた。

押しこむ先の商家が文之介たちの働きで判明し、賊を待ち構えて権埜助をはじめとする四名をとらえたが、嘉三郎のみ取り逃がした。

その捕物《とりもの》からすでに十日ほどたち、文之介と勇七は嘉三郎の探索にかかりきりになっているが、いまだになんの手がかりも得ていない。

文之介自身、必ずとっつかまえてやる、という気持ちが薄れたわけではないが、この手がかりのなさに少しじれていた。

「あの野郎、いったいどこに隠れていやがるのかなあ」

不意に立ちどまった文之介は、あたりを行きかう人たちに鋭い目を当てた。

むろん、そこに嘉三郎がいるわけもなく、定町廻《じょうまちまわ》り同心《どうしん》ににらまれてぎょっとした通行人たちは、こわごわとした様子で横を歩きすぎてゆく。

「旦那、関《かか》わりのない人に嚙《か》みつきそうな顔を向けてもしようがないですよ。まるで獰《どう》猛《もう》な犬ですよ」

文之介は目から力を抜いた。

「獰猛な犬はこんなにかわいい顔はしてねえよ。——しかし勇七のいう通りだ。あの野郎、一刻もはやくお縄《なわ》にしねえと、なにかしでかしそうな気がしてならねえ」

「しでかしそうって、なにをですかい」

「わからねえ。俺の勘さ。でも勇七、あの野郎、悪賢い顔、してなかったか」

「ええ、してましたね」

勇七が実感のこもった声をだす。

文之介は懐《ふところ》から人相書《にんそうがき》を取りだし、眼差しを注いだ。

「色男だよな」

勇七もいい男だが、嘉三郎のほうが苦み走っているというのか、女の心を読み取るすべに長《た》けているといった雰囲気《ふんいき》が強く香る。

切れ長の目に高い鼻、薄い唇《くちびる》。月代は広く、つやつやと光を帯びている。

いったいこの男のなにが気に入らないのか。文之介はじっと見続けた。

やはり目だな。

奉行所《ぶぎょうしょ》の人相書の達者である池沢斧之丞《いけざわおののじょう》が似顔を描いたものにすぎないのに、瞳《ひとみ》に宿る狡猾《こうかつ》な光がはっきりと感じ取れるのだ。

この男が三十名以上の捕り手に囲まれて、一人逃げだすことに成功したというのも、うなずける気がする。

頭の権埜助より、この男があの押しこみどもの手綱《たづな》を握っていたのではないだろうか。権埜助は頭として祭りあげられていたが、すべてを差配していたのは、嘉三郎なのだろう。殿さまと家老の関係に似ていたのかもしれない。

今頃、嘉三郎は次の仕事を考え、隠れ家で爪《つめ》を研《と》いでいるのだろうか。

文之介の脳裏に、畳《たたみ》に座りこんだ嘉三郎の背中が浮かぶ。嘉三郎が振り返る。冷たい目が文之介を射抜くように見た。

唇が小さく動き、笑いかけてきた。しかし目は笑っていない。

文之介は背筋に冷たいものを覚えた。


結局、今日もなにも得ることなく、文之介と勇七は南町《みなみまち》奉行所に戻ってきた。夏の終わりの長い日が、千代田《ちよだ》城の向こうに沈もうとしている。

「勇七、腹が減ったな」

「まったくですねえ」

「勇七、おめえんとこの母ちゃんはなにをつくって待《ま》っているんだ」

「さあ、なんでしょうかね。なにをつくっているにしても、つくってくれるだけいいと思ってますから。好ききらいもありませんし」

勇七が声をひそめる。

「さくらちゃん、まだ来ているんですかい」

「ああ、父上になついているからな」

さくらというのは、人をだまして金を巻きあげる者の事件を通じて知り合った娘だ。兄の雅吉《まさきち》は腕のいい大工《だいく》だが、その雅吉が事件に巻きこまれたのである。

さくらは文之介に想《おも》いを告げたこともあったが、それが今では文之介の父親の丈右衛《たけえ》門《もん》に心を移している。

もっとも、文之介はそのことで衝撃を受けたりしてはいない。もともと、お春《はる》という娘が大好きなのだ。

そういえば、と文之介は思った。お春にもずいぶんと会っていない。

会いてえなあ。

文之介は勇七とともに奉行所の大門をくぐろうとした。

「もし」

横合いから近づいてきた男に話しかけられた。商家の主人らしい男で、手代《てだい》らしい供《とも》を連れている。

つくりのよさが一目でわかる着物を身につけている。月代はきれいに剃《そ》られていて、そこに汗が光っていた。鬢の毛は豊かだが、半分以上が白くなっている。

男はいかにも柔和《にゆうわ》そうな、人のよげな表情をしている。

文之介は足をとめた。即座に、男の顔色があまりいいとはいえないことに気づいた。うしろで、勇七が目を鋭くして男を見ている。

「なんだ。なにかあったのか」

文之介がきくと、男が小腰をかがめた。

「きこう」

男が一瞬、あたりを気にするそぶりを見せた。

「ここじゃまずいか。なかにするか」

「いえ、こちらでけっこうでございます」

男が舌で唇を湿らせた。

「実は手前、命を狙《ねら》われています」

「なんだと」

文之介はさすがに驚いた。

「誰に狙われているんだ。——いや、ここじゃまずいな。やっぱりなかに入ろう」

人のいない静かな部屋で詳《くわ》しい話をきこうとした。

「おう、片桐屋《かたぎりや》じゃねえか」

その前に背後から声がかかった。

ずんずんと歩いてきたのは、文之介の先輩同心である鹿戸吾市《しかとごいち》だ。もともと脂《あぶら》ぎった顔をしているが、今も顔から汗をだらだら流し、しきりに手ぬぐいでふいている。中間の砂吉《すなきち》がうしろにつきしたがっていた。

「なんだ、奉行所にやってくるなんて、珍しいこともあるものだな」

片桐屋と呼ばれた男は、どうやら吾市の縄張《なわばり》に店があるようだ。

文之介に一瞥《いちべつ》をくれてから、吾市が片桐屋と呼んだ男に目を当てた。片桐屋の顔にただならないものを感じ取ったようで、表情を引き締める。

「なんだ、なにかあったのか」

「はあ」

不意に吾市が目を光らせる。

「文之介、俺の縄張の者を横取りしようってんじゃねえだろうな」

文之介はにこやかに笑った。

「そんな気はありませんよ」

「どうだかな。おめえはこの頃、油断できねえ面構《つらがま》えになってきやがったからな」

こいつはほめ言葉と取っておこう、と文之介は思った。勇七は黙って吾市を見ている。

吾市が片桐屋に向き直る。

「相談なら俺が受けてやる」

「承知いたしました」

片桐屋がうなずく。

仕方なさそうなうなずき方だったのを、文之介は見逃さなかった。できれば吾市には相談したくなかったのではないか。だからわざわざ奉行所までやってきた。

奉行所の長屋門のなかに通ずる入口をくぐってゆく吾市と片桐屋の二人を、文之介は見送った。

「あるじはなんていうんだ」

大門のところに残った手代に、片桐屋の名をきいた。

手代が軽く頭を下げる。

「史左衛門《ふみざえもん》と申します」

「へえ、史左衛門か。いい名じゃねえか」

同じ『ふみ』という読みに文之介は親しみを覚えた。

「命を狙われているといったが、おめえ、詳しい話は知っているのか」

「いえ、存じません。旦那さまはなにもおっしゃらないものですから」

「おめえらに心配かけまいとしているのかな。片桐屋はなにを商《あきな》っているんだ」

材木問屋だという。

「大店《おおだな》か」

「名の知れた店にくらべれば大きいとは申せませんが、商売は繁盛《はんじょう》しているといってよいと存じます」

内証《ないしょ》が豊かなのは、史左衛門の身なりからもわかる。この手代もこざっぱりとした、いい着物を着ている。

しかし命を狙われているのか。

文之介は史左衛門の柔和な顔を思いだし、どうにもそぐわないものを覚えた。

二

「ここでよかろう」

鹿戸吾市は、同心詰所《つめしょ》の一室に史左衛門を導き入れた。ここは来客があると、同心がもっぱらつかう部屋だ。

三方向が壁《かべ》のために、六畳間の割にややせまい感じを受けるが、声があまり外に漏《も》れない利点がある。

襖《ふすま》を閉めて、吾市は行灯《あんどん》を灯《とも》した。

淡い光が広がり、くすんだような壁を遠慮がちに照らしだす。

「どうした、なにがあった」

あぐらをかいて吾市はきいた。

「はい」

正座した史左衛門は顔をうつむけている。

「はやくいいな。こちとらも暇《ひま》じゃねえんだからよ」

「はっ、はい、申しわけないことにございます。——実は」

史左衛門は懐から文《ふみ》を取りだした。

「こんなものがまいったのでございます」

「どれどれ」

吾市は手に取り、文をひらいた。

「片桐屋の命をもらい受ける、か」

ほかにはなにも記されていない。簡潔そのものだ。字はそこそこ達筆のように思えるが、なんら特徴はないといっていい。

吾市は文を手にしたまたずねた。

「こんな文を送ってくる者に心当たりはあるのか」

「いえ」

「もちっと考えたほうがいい」

「さんざん考えました。しかし、どうしても思いつかないのでございます」

吾市はあらためて史左衛門を見つめた。

確かにこの男は温厚で、いつも笑みを絶やさない。声を荒らげるところを見たこともない。

そのためもあるのだろう、店は活気があって奉公人も元気がいい。働きやすいのだ。

奉公人は七、八名、家人を入れて十五名ほどしかいないこぢんまりとした材木問屋で、それほど大きな取引があるように見えないが、手がたい商売を続けているようで、史左衛門だけでなく家人、奉公人たちもいつも血色のよい顔をしている。

しかし、今の史左衛門はやつれていた。

「だいぶまいっているようだな」

「ええ、それはもう」

史左衛門は力なげに首を振った。

「いったいどうしてこんな文が……」

「あくどく儲《もう》けすぎているんじゃねえのか」

吾市はあえていってみた。

頰《ほお》でも張られたように史左衛門が顔を紅潮させる。

「滅相《めっそう》もない。手前どもは、まじめに商売に取り組んでおります。あくどくだなんて……」

「冗談だ。そんなに向きになることはねえ」

吾市は安心させるために笑みを見せた。

「いやがらせかもしれねえな」

「いやがらせですか」

「そうだ。なんていったって、わざわざ命を狙っているのを教えるなんて、おかしいじゃねえか。親切すぎる」

ああ、とつぶやくようにいって史左衛門がその通りだという顔つきになる。

「さようでございますねえ」

「だろう。——ところで片桐屋、こいつはいつ来たんだ」

吾市は文をひらひらさせた。

「今朝《けさ》、店をあけましたところ、くぐり戸に差しこまれているのを丁稚《でっち》が見つけました」

「その丁稚は中身を読んだのか」

「いえ、読んでいませんでしょう。封をされたそのまま持ってきましたから」

「もう一度きくが、片桐屋、うらみを買っているようなことはないんだな」

「はい」

「女はどうだ。妾《めかけ》はいるのか」

「いえ、おりません」

「そうか。最近、なにかおかしな光景を目にしたようなことはないか」

「といわれますと」

「なにか目にしてはならねえことを目にしちゃいねえかってことさ」

「いえ、心当たりはございません」

「そうだろうな。口封じするつもりなら、こんな文は送っちゃこねえ」

吾市は腕を組み、少し考えた。

「どれ、ちょっと店のまわりをひとまわりしてみるか。怪《あや》しいやつがうろついているかもしれねえ」

吾市は史左衛門とともに奉行所を出た。外で待っていた手代、中間の砂吉がうしろについてくる。

片桐屋は、築地《つきじ》の南飯田町《みなみいいだまち》にある。

もう日が暮れてだいぶたつというのに、材木を担《かつ》いだ人足《にんそく》たちが行きかい、店の横につけられた荷車に次々に材木がのせられる。材木を満載した荷車はすぐに動きはじめる。店の裏は河岸《かし》になっていて、舟で運ばれてきた材木がおろされているのが、煌々《こうこう》と灯されている明かりでよく見えた。

手代や番頭らしい者たちも、帳面を手に忙《せわ》しく動きまわっている。

「こんな刻限まで働いているのか」

吾市は史左衛門にきいた。

「ええ、今日は舟が着くのがおくれましたので」

「こういうことはよくあるのか」

「荷が着くのは風まかせの面もありますので、目当ての刻限に着くというのはむしろ少ないかもしれません」

「なるほどな」

吾市は史左衛門を見つめた。史左衛門が戸惑った顔をする。

「なにか」

「いや、こんなにおそくまで働かせられていることに、文句を持つ者の仕業《しわざ》じゃねえかと思ってな」

史左衛門が虚《きょ》を衝《つ》かれた表情になる。

「まさか、店の者が……」

「人足というのもあり得る」

「しかしその分の給金は、ちゃんと払っていますし」

「給金が足りねえと考えている者もいるかもしれねえぜ」

「そんな……」

吾市は史左衛門の肩を叩《たた》いた。

「案ずるな。そのあたりもしっかり調べてやるからよ」

史左衛門を店に帰し、吾市は砂吉とともに店のまわりを巡回してみた。

怪しい人影は見つからない。奉行所からここまでやってくるあいだにも注意を払っていたが、そういう者の気配は感じ取れなかった。

片桐屋の近辺は、平穏そのものといっていい。

人足にも話をきいた。誰もが、どこよりも賃銀《ちんぎん》がいいと口をそろえた。あっしどもは片桐屋さんに感謝してますよ。

その言葉に嘘《うそ》はないように感じられた。

「砂吉、こりゃなにもねえな」

人足たちから離れて吾市はいった。

「脅《おど》しだけですかね」

「そいつはまだなんともいえねえ」

吾市は店のなかで史左衛門と会った。掃除《そうじ》の行き届いた客間で、畳からはいいにおいが香っている。

「一応、明日からこのあたりを繁《しげ》く見まわってはみるが、今のところはそれらしい気配はなにもねえな」

「さようですか」

そうはいったものの、史左衛門の顔に安堵《あんど》の色はあらわれていない。

「しかし片桐屋、俺たち町方《まちかた》ではどうしようもねえぞ。どうしても気になるんなら、用心棒を雇《やと》うことだ」

「はい、気になりますので、さっそくその手配をいたします」

吾市は史左衛門から小遣《こづか》いをせしめて、片桐屋をあとにした。

夏の終わりにしては、やや涼しさを覚えさせる風が吹いている。

袖口《そでぐち》を払って入りこんできた風に、吾市は我知らず立ちどまった。

まさか。いやな予感めいたものを背筋に覚え、片桐屋のほうを振り向いた。

こいつは一筋縄《ひとすじなわ》ではいかぬかもしれねえ。

そんな思いが胸を突きあげ、吾市を落ち着かなくさせた。

三

片桐屋のことは気にかかっている。

しかし店が吾市の縄張にあり、吾市がすでに関わった以上、文之介が口だしすべきことではない。

文之介は提灯《ちょうちん》を手に歩き続けた。向かっているのは自分の屋敷だ。

吾市は仕事には熟達した男だ。文之介とはくらべものにならないほど、町方同心としての経験を積んできている。

その吾市が片桐屋の相談に乗ったのだから、心配することはない、と自らにいいきかせている。

八丁堀《はっちょうぼり》の屋敷まで、あと二町ほどまで戻ってきたとき、文之介は背筋に冷たさを感じた。

なんだ、これは。

わけがわからないままに足を運ぶ。

屋敷の前まで来たときには、腋《わき》の下にじっとりと汗をかいていた。

なんとなくいやな雰囲気を感じて、まわりを見渡す。

どうしてこんな思いを抱くのか。

首を一つひねってからくぐり戸に身を入れようとして、ぎくりと動きをとめた。

何者かの目を感じた。はっと体を戻し、眼差しの方向に顔を向けた。

だが、そこには誰もいない。

勘ちがいか。

いや、勘ちがいのはずはない。確かに誰かが見ていた。

誰なのか。

まさか、嘉三郎ではないのか。

眼差しを感じたところに行ってみた。そこは年番方《ねんばんがた》の同心屋敷の門前だ。

文之介は、餌《えさ》を漁《あさ》る野良犬のようにじっくりとそのあたりに目を配ってみた。

しかし、誰かがいた様子はない。

妙だな。

文之介は気持ち悪さを心に抱えて、屋敷に入った。気づくと、額から頬にかけて一杯の汗をかいていた。

文之介は手ぬぐいでふき取った。

居間に入り、父親の丈右衛門に帰宅の挨拶《あいさつ》をする。

「どうした、顔色が悪いようだが」

「いえ、なんでもありません。ちょっと蒸し暑いものですから」

丈右衛門はそれ以上、なにもいわなかった。

「信太郎《しんたろう》は、今日もさくらちゃんのところですか」

「そうだ」

信太郎というのは、府内を騒がせた盗賊集団の頭、向こうがしの喜太夫《きだゆう》の赤子《あかご》だ。

与力《よりき》の桑木又兵衛《くわきまたべえ》が、顔が広い丈右衛門にいい養子先を捜してもらえるように託したのだが、盗賊の子ということもあって、さすがの丈右衛門も養子先を見つけだすのに手こずっている。

むろん、文之介にも手伝おうという気はあって、実際に町廻りの最中、町役人たちに頼んだこともあったが、いい返事は一度ももらえていない。

丈右衛門がさくらに預けているのは、文之介の屋敷には女手がなく、赤子の世話が手に余ったからだ。さくらが預かるといってくれ、信太郎もさくらにはなついていることから、文之介も丈右衛門もなんの不安も抱いていない。

「いいにおいがしますね」

文之介は鼻をくんくんさせた。

「さくらちゃんが夕餉《ゆうげ》の支度《したく》をしてくれていったのですか」

「さて、どうかな」

丈右衛門が思わせぶりな顔をした。

「腹が空《す》いているだろう。文之介、はやく食ってこい」

はい、と文之介は立ちあがり、台所横の部屋に入った。

台所に襷《たすき》がけをした女がいた。腹が大きい。

「姉上」

その声に姉の実緒《みお》が振り返った。笑みを見せる。

華やいだその笑顔が、文之介にはまぶしく映った。

「お帰りなさい」

「来ていたのか」

「たまには顔を見せないと、忘れられちゃうでしょ」

「姉上を忘れることなんか、あるはずないでしょう」

「文之介も、お世辞がいえるようになったのね」

実緒が鼻の横にしわを寄せて笑う。

「はやくお座りなさい」

文之介は姉が示す場所に腰をおろした。

「でも姉上、大丈夫なの。もう産み月でしょう」

「大丈夫よ。少しくらい体を動かしておかないと、逆にお産は重くなってしまうそうだから」

「へえ、そういうものなの。しかし久しぶりだね」

「そうね。元気にしてた」

「うん、まあ」

実緒がじっと見てくる。

「顔色も悪くないし、仕事のほうはまずまずといったところかしら」

「そうかな。今のところは重大な事件も起きていないし。一人とっつかまえないといけない男がいるんだけど、それだけかな」

「つかまりそうなの」

「手がかりがないんだ」

「そう」

その話はそこで打ち切りにして、実緒が膳《ぜん》を運んできた。

膳にのっているのは、鯵《あじ》の塩焼きと豆腐の味噌汁、たくあんに梅干しだ。

鯵はさほど脂はのっていないが、塩加減がほどよく、飯は進んだ。豆腐も甘みがあり、味噌の辛《から》さと合っている。

「ああ、うまかった」

文之介は三杯のご飯を食べて、箸《はし》を置いた。

「相変わらずよく食べるわね」

「最近は、夜はそんなに食べないようにしていたんだけれど、姉上の顔を見たら、食い気がわいた」

「うれしいこといってくれるわね」

実緒がほほえむ。その笑顔には、すでに母親としての自信があらわれているかのようだ。軽く腹をさする。

「文之介もじき叔父さんね」

「そうだね。でも不思議な気がするんだよなあ。うつつのこととは思えないよ」

「私も母親になるんだ、という気はほとんどないわ」

「不安なの」

「ないわけじゃないけれど、女は誰でも通ってきた道だから」

実緒は婚家で産むつもりだといった。

「義兄上《あにうえ》は今日、宿直《とのい》かい」

「ええ、そうよ」

実緒の夫は北町奉行所の定町廻り同心だ。名を三好信吾《みよししんご》といい、笑顔のさわやかさがまぶしいくらいだ。実緒とはつり合いが取れた夫婦といっていい。

そういえば、と眉《まゆ》を落としている姉の顔を見て、文之介はお克《かつ》のことを思いだした。果たして嫁に行くのだろうか。

実緒が手ばやく片づけをし、明日の朝餉《あさげ》の支度をして帰ろうとした。

文之介はさっきの目を思いだし、送っていくよ、といった。

「いいわよ、すぐそばだから」

「いや、送っていきたいんだ」

「じゃあ、お言葉に甘えようかしら」

文之介は実緒を屋敷に送り届けた。怪しい目は感じなかった。

「ねえ、お春ちゃんとはうまくいってるの」

三好屋敷の門前で姉にきかれ、文之介は苦笑した。

「それが実は……。あまり会えていないし」

「そう」

実緒が見つめてきた。

よく光る瞳は、幼い頃から変わらない。文之介は一瞬、自分が子供に戻ったような錯覚にとらわれた。

「うまくいくといいわね。でもきっと大丈夫よ。私が太鼓判《たいこばん》を押すわ」

「ありがとう」

姉とわかれ、文之介は屋敷に戻った。

居間に入る。

「どうした、本当になにかあったのではないのか」

茶を静かに喫《きっ》している丈右衛門にいきなりきかれた。

「どうしてそう思われるのです」

文之介は立ったまま問い返した。

「実緒を送るなんて珍しいな、と思ってな」

さすがに鋭いな、と文之介は思った。

「いえ、なんでもありませんよ。身重《みおも》なので、気をつかっただけです」

「そうか」

丈右衛門がじっと見る。

「文之介、座れ」

「はい」

文之介は父親の前に正座した。

「今日はなにをしていたんだ」

「いつもの通りです。嘉三郎の行方《ゆくえ》を追っていました」

嘉三郎たち押しこみの一味を捕縛《ほばく》するにあたり、丈右衛門の力も借りている。この程度のことなら話してもかまわない。

「手がかりはなしか」

どうしてわかるのだろうと思ったが、自分がいかにも進展がなさそうな顔をしているのは想像がついた。

「なにか変わったことはなかったか」

文之介は一瞬、片桐屋のことを話しそうになった。

「いえ、なにも」

文之介はその後、湯屋《ゆや》に行った。ほかの与力同心がしているように朝湯に行けばもっと湯がきれいなのだろうが、入れるのが朝なら空いている女湯というのがどうも気になる。

湯船は、祭りの日の両国橋《りようごくばし》のような混《こ》みようだ。一日の疲れを取るどころか、文之介は少しぐったりした。

四

わざわざ命を狙っているのを教えるなんて、親切すぎる。

これは定町廻り同心の鹿戸吾市の言葉だ。

片桐屋史左衛門も、確かにその通りだと思う。本気で狙うつもりなら文など必要ない。

やはり、いやがらせの類《たぐい》にすぎないのだろうか。

一応、口入屋《くちいれや》に用心棒を頼んだものの、史左衛門はそう思うことにした。もちろん油断はできないが、文が一枚きたことでびくびくしている姿を奉公人たちに見せたくない。

今日は、昼から出かけなければならない。正直いえば、昨日、奉行所に向かったときもどきどきしていた。

しかし誰も襲《おそ》ってこなかった。今日もきっと同じだろう、と史左衛門は九つ前に店を出た。

向かったのは日本橋《にほんばし》北の松島町《まつしまちょう》だ。銀座《ぎんざ》が目と鼻の先の町だが、万鶴《まんつる》という料亭があり、今日はそこで取引先との商談があるのだ。

いつものように手代と最も信頼している番頭を一人連れている。

今日は天気がはっきりせず、江戸《えど》の町は夕方のような暗さに覆《おお》われていた。雨は降っていないが、すぐにでも泣きだしそうな空になっている。雲は雨のたっぷりとつまった袋のように見える。

遠雷も聞こえてきた。史左衛門にはなんとなく不吉な予感がある。

もしや、商談がうまくいかないのではないか。いや、そんなことはあるまい。

ここまでしっかり段階を踏んで、話を進めてきたのだ。いきなり破談なんてことにはなるまい。

いや、どうだろうか。商売は水物だ。破談もあり得るかもしれない。

杞憂《きゆう》にすぎなかった。

万鶴での商談は、終始なごやかな空気で進んだ。思った以上の好条件が提示され、再《さ》来年《らいねん》まで大きな取引が続くことになった。店にとって、ひじょうに大きなことだった。

「旦那さま、よかったですね」

番頭がほっとした顔でいう。

「まったくだね」

歩きながら、史左衛門は大きく息をついた。

「これで蔵の一つも建つかもしれないよ」

「あり得ますね」

刻限は七つをすぎ、夕暮れの雰囲気が漂いはじめていた。不意に雲の上でごろごろ鳴りはじめた。雷はちょうど真上にいるようだ。

「降ってくるかもしれませんね」

手代が手ばやく傘《かさ》の用意をする。

やがてぽつぽつしはじめた。手代が傘を差しかけてきた。

「すまないね」

「いえ」

すぐに土砂降《どしゃぶ》りに変わった。

「すごいね、こいつは」

まるで引き潮に飲みこまれたかのように、通りから人の姿が消えてゆく。

史左衛門は心細さが募《つの》った。

雨はさらに激しさを増し、傘を突き破りそうな勢いだ。地面を叩く雨がはね返り、着物の裾《すそ》はびしょびしょになっていた。風が出てきたせいもあって、背中のほうも濡《ぬ》れつつある。

「ひどいね、こいつは。はやく戻ろう」

史左衛門たちは急ぎ足になった。

史左衛門はばしゃばしゃと背後で人が走る音をきいた。はっとして振り返る。

抜き身を手にした浪人者らしい者が二人、近づいてきていた。二人ともやせている。

着物が体にべったりと貼《は》りついていた。

「あっ」

雨を切り裂《さ》いて、刀が振りおろされた。手代の突きだした傘が真っ二つに割れた。

「わあ」

史左衛門は頭を抱え、姿勢を低くした。さらに刀が振られる。

よけられたと思わなかったが、こうして生きている以上、今の刀が空《くう》を切ったのは確かのようだ。

「旦那さま、逃げてください」

番頭が史左衛門を押し、手代が手を引こうとしていた。

史左衛門はぬかるみに足を取られ、転びそうになった。

「おのれ」

浪人の一人が怒声をあげる。今度は刀が横に振られた。

史左衛門はほとんど死を覚悟した。しかしこれもなんとかよけることができた。

いや、よけたというより、浪人が泥《どろ》に足を滑らせたにすぎない。

「なにをしておるっ」

横合いから声がした。史左衛門は目を向けた。

雨に打たれて侍《さむらい》が立っている。二人と同じ浪人者のようだが、どこか凜《りん》としたものが感じ取れた。若いが、いかにも腕が立ちそうだ。

「お助けください、お願いします」

史左衛門は懇願した。

「承知」

浪人が刀を抜き、走り寄ってきた。

「邪魔するな」

二人のうちの一人が怒号する。

その声にかまわず、若い浪人が刀を振りおろした。激しく鉄の鳴る音がし、水しぶきが砕《くだ》けた波のように散った。

二人の浪人は引かない。あらわれた浪人と激しく斬《き》り結んでいる。

斬り合いを目《ま》の当たりにするのははじめてで、史左衛門はその迫力に腰が抜けそうだ。

少しずつ若い浪人が押しはじめた。見る見るうちに二人の浪人の顔が、こんなはずではない、といいたげにゆがんでゆく。

「くそっ、引くぞ」

ついに浪人の一人がいった。二人は雨のなか、水柱《みずばしら》を立てて遠ざかってゆく。

それを見て、史左衛門は体から力が抜け、尻餅《しりもち》をつきそうになった。番頭と手代が両側から支える。

「大丈夫かな」

浪人が寄ってきた。ちらりと二人の去ったほうに目をやり、戻ってこないのを確かめてから刀を鞘《さや》におさめた。

「はい、ありがとうございます」

史左衛門は深々と頭を下げた。番頭と手代もあるじにならう。

「いや、そんなのはどうでもよい。あいつらは何者かな」

「いえ、それが手前どもにも皆目わからないのですが」

「ほう、なにやらいわくありげですな」

史左衛門は、浪人が血をしたたらせているのを見た。

「怪我《けが》をされていますね」

浪人は左腕をさわった。

「なに、かすり傷ですよ」

「しかし、出血がひどい。すぐに医者に行きましょう。――番頭さん、近くに医者はいましたかな」

史左衛門は命の恩人をそのままにしておけず、番頭が導く方向へ連れていった。

医者は腕がよいらしく、すぐに手当にかかった。

浪人は左腕を毒消しされ、傷を縫《ぬ》われた。厚く膏薬《こうやく》が塗《ぬ》られ、晒《さら》しが巻かれる。

「これでよかろう」

医者が笑みを見せる。

「ご覧になってわかるように、命に別状があるような傷ではない。それでも、二日ほどは安静にしていたほうがよかろうな」

「さようか。それならば、それがしは帰らせていただく」

「どちらへお帰りに」

「長屋です。四半刻《しはんとき》ほどですから、近くです」

「長屋にはどなたかお待ちのお方が」

「それは、連れ合いのことを申しているのかな。いえ、それがしにはおりませぬ。一人で暮らしています」

「でしたら、手前どもの店に是非ともいらしてください」

「命を助けていただいたお方を、なんのお礼もせずにというわけにはまいりません」

「しかし……」

「別に礼目当てに救ったわけでは」

「でしたら、傷の静養ということでいらしてください」

それでも浪人はしばらく考えていた。

わかりました、と顔をあげていった。

「お世話になりましょう」


浪人の名は原田甚内《はらだじんない》。歳《とし》はちょうど三十。

長屋には長いこと一人暮らしとのことだ。父親の代からの浪人で、二親はもうなく、兄弟もいない。妻をめとったこともない。

仕官こそがただひたすら目標にしてきたことで、そのために剣術修行だけは一日たりとも欠かしたことがない。

「とは申せ、剣の腕が役に立つ日が来るとは思わずにおりましたが、欠かさなかったのがこたびは幸いしたということになりましょうか」

史左衛門が静養の場所としてあてがった日当たりのいい部屋に落ち着いて、甚内が控えめな口調でいった。

「まことにありがとうございました」

史左衛門の妻のお由《よし》が畳に両手をそろえた。

「いや、礼をいわれるほどのことではござらぬ。それがしは、ただ当たり前のことをしたまでのこと」

「いえ、その当たり前のことができぬ者が、多くなっています。それに、手前のために怪我までされて。傷が治るまで、是非ともこちらでご静養ください」

「これしきの傷、静養するまでもござらぬ」

甚内がぐいっと左腕を持ちあげた。すぐに顔をしかめることになった。

その仕草《しぐさ》に、史左衛門はくすりと笑ってしまった。お由も同じだ。

甚内がまじめな顔になる。

「これは失礼いたしました」

史左衛門はあわてて頭を下げた。

「いや、謝ることなどござらぬ。おかしなことをすれば笑われるのは必定《ひつじょう》。――ところであるじ、どうして襲われたのかな。あの二人に心当たりが」

「いえ、それがまったく。どうして襲われなければならないのか、それもさっぱり見当がつきません」

「さようか。それは気がかりですな」

翌朝、史左衛門は朝餉の膳を甚内の部屋に運んだ。

「あるじ自らとは畏《おそ》れ入ります」

甚内はすでに起き、布団《ふとん》をたたんで隅《すみ》に寄せていた。

「いえ、大事なお客人ですから、これぐらいは当然です」

史左衛門は膳を置き、正座した。

「よくお眠りに」

「ぐっすりですよ。こんなに上等な夜具で寝たのははじめてでした」

「さようでしたか」

史左衛門は、甚内の目が膳に向けられているのを知ってにっこりと笑った。

「お召しあがりください」

「ああ、これはお恥《は》ずかしいところをお見せした」

甚内が箸を取り、食べはじめた。うまい、うまいと続けざまにいった。甚内は五杯もおかわりした。

「かたじけない。こんなに腹一杯食べたのは、いつ以来か思いだせぬほどです」

「そうでしたか」

史左衛門はここでいうことにした。

「原田さま、しばらくこの家に逗留《とうりゅう》していただけませんか」

「逗留ですと。それはどういう意味かな」

史左衛門は居《い》ずまいを正した。

「お頼みしたいことがあるのです」

手前の用心棒をお願いしたいのです、と告げた。

甚内が目を丸くする。

「それがしがおぬしの用心棒……」

「はい。原田さまほどのお侍なら、きっといつか仕官がかなうでしょう。そういうお方に守っていただくというのは、一介《いっかい》の商人の分際《ぶんざい》で申しわけないという気持ちもございますが――」

「ありがたい」

史左衛門にみなまでいわせず甚内がいった。

「正直申せば、ここしばらくそれがしには仕事がなかった。ひもじくてならなかった」

「それでは」

「おぬしがよろしいのであれば、こちらから頼みたいくらいだ」

「ありがとうございます」

史左衛門は畳に額をこすりつけた。

「いや、顔をあげてくだされ」

甚内があわてていう。

史左衛門は上体を起こし、甚内をしみじみと見た。

このお方は、と思った。ほかのお侍とはちがう。

商売柄、史左衛門は大名家の侍はよく知っているが、よほど侍らしさを感じる。なにより折り目正しいのだ。

甚内の父親がどういう人物か知らないが、相当厳しくしつけたのではないだろうか。

五

今日も朝から雨もよいだった。

小雨《こさめ》で、蓑《みの》を着ずともしとどに濡れるほどではない。

ただ風が少し強く、文之介は顔をうつむき加減に道を歩いた。

「旦那、大丈夫ですかい」

うしろから勇七が気づかっていう。

「風か。このくらい、屁でもねえよ」

「ちがいますよ。片桐屋さんのことです。鹿戸の旦那に見つかりませんか」

「そうさな」

文之介は一瞬、考えた。

「見つかったら見つかったで、しようがねえだろう」

「鹿戸の旦那、きっと怒りますよ」

「かもしれねえなあ。あの人のことだから、縄張荒らしに来たのか、くらいはいいかねねえな」

「旦那、そんなのんびりいってていいんですかい」

「いいんだよ、別に悪いこと、してるわけじゃねえんだから」

「そりゃそうなんですけどね」

「勇七、片桐屋に行くのはいやか」

「いえ、そんなことはありませんよ。やっぱり命を狙われたってのをきいて、心配は心配です」

「そうだろう。俺も同じだ。だから、襲われてどういう手立てを取ったか、とにかく確かめるんだ。それだけだから、もし鹿戸さんに見つかっても大丈夫だよ」

昨日、片桐屋から、二人の浪人に襲われたという届けがだされたのを文之介は今朝知ったのだ。

「あっしは見つからないのを祈りますよ」

「実をいえば、俺もだ」

文之介は勇七とともに南飯田町にある片桐屋を訪問した。

忙しそうな店だ。なるほど、大きな店ではないが、繁盛しているのはまちがいない。

奉公人たちに元気があって、店は活気にあふれている。雨に当たっているのも関係しているのか、木材のいいにおいが湿った大気を通り抜けて、一際《ひときわ》強く香っている。

ごめんよ、と文之介は暖簾《のれん》をくぐった。勇七がついてくる。

「いらっしゃいませ」

帳場で帳面に目を落としていた番頭らしい男が帳場格子をどけ、前に出てきた。

「これはお役人、今日はなにか」

「俺は御牧文之介という。あるじの史左衛門に会いたい」

「あるじでございますね。はい、少々お待ちください」

見たことのない役人だが、用件は襲われたことだろう、と承知した顔つきの番頭が奥の暖簾を払って姿を消した。

待つまでもなく、すぐに史左衛門をともなって戻ってきた。

「お待たせいたしました」

史左衛門が文之介の前に正座した。

「ふむ、別に怪我をしたということもないようだな」

「ありがとうございます。運がようございました」

「助けられたそうだな」

「はい。——ああ、こんなところではなんですから、奥にどうぞ」

「いや、長居する気はねえんだ。ここでいいよ」

「さようですか」

昨日、襲われた際、どういうことがあったか、史左衛門が語る。

「そうか、そいつは本当に運がよかったな」

とはいっても、少し都合がよすぎる感がしないでもない。そういう場面で浪人が救ってくれることなどあるだろうか。

しかし目の前の史左衛門は、そんな疑念は毛ほども抱いていない顔つきだ。

「鹿戸さんは来たかい」

「はい、今朝、いの一番に駆《か》けつけてくださいました」

「そいつはよかった」

「今、一所懸命調べてくだすっているはずでございます」

「それならいいんだ。ちょっと気にかかったものでな。同じ『ふみ』の誼《よし》みもあるし」

史左衛門は人のよげな笑みを見せた。

「さようでございますね。手前も失礼ながら、御牧の旦那には親しみを覚えます」

「失礼なんてことはねえよ」

奥から小さな足音をさせて、女の子がやってきた。史左衛門に抱きつく。

「店のほうに来てはいけないっていってあるじゃないか」

その声がきこえないように、女の子は史左衛門の胸に顔をうずめている。

「かわいい子じゃねえか」

「ありがとうございます」

「いくつだい」

「はい、四つです。お倫《りん》と申します」

「一人娘か」

「いえ、姉が二人います」

「そうか。跡取りは」

史左衛門が穏やかな笑みを口許《くちもと》にたたえる。

「これからです」

「そうか、精だすことだ」

文之介は笑みを消した。

「ところで、その用心棒は今もここにいるんだよな」

「はい」

「顔を拝《おが》ましてもらいてえな」

「さようですか。少々お待ちください。今、呼んでまいりますので」

史左衛門が立ち、女の子を連れて奥暖簾の向こうに足早に歩いていった。

今度もさほど待たなかった。史左衛門に連れられて、一人の浪人がやってきた。

文之介の前に正座し、ていねいに辞儀する。

「それがし、原田甚内と申す。よろしくお引き立てのほどを」

文之介も名乗り返した。

甚内はいかにも剣の手練《てだれ》という物腰だ。これなら、やせ浪人の二人くらい、あっさりと撃退しただろう。

「怪我をしているんですか」

文之介は甚内の左腕を手で示した。甚内がわずかに顔をゆがめる。

「決して油断したわけではありませぬが、よけきれませんでした。あの程度の浪人にやられるなど、まったく情けない限りです」

端整な顔立ちをしている。目元が涼やかだ。折り目正しさを覚える。大名家などの家中に仕えている侍などより、よほど立派な感じを受けた。

なによりこの礼儀正しさは、付け焼き刃ではない。幼い頃から厳しく叩きこまれたものだろう。

「傷はどのくらいで治るのですか」

文之介は甚内にきいた。

「二日は安静にしていたほうがいいと、医者にいわれました。抜糸もしてもらわなければなりませんから、おそらく十日ほどではないでしょうか」

「十日ですか。たいへんですね」

甚内が苦笑する。

「自業自得《じごうじとく》です。もう少し鍛《きた》えておかねばなりませんね」

「それがしもいつも思っていますが、なかなかそうはいきません。——片桐屋」

目を転じて、文之介は史左衛門に呼びかけた。

「原田どのにはずっといてもらうのか」

「もちろんにございます。もし原田さまが駆けつけてくださらなかったら、手前は生きていなかったはずですから」

全幅の信頼を置いている様子だ。

安堵半分、心配半分という感じで文之介は片桐屋の暖簾を外に払った。

「旦那、あの原田甚内という侍、どう思いましたか」

店を出てしばらくして勇七がきいてきた。

「勇七、おめえはどう思うんだ」

「狂言《きょうげん》というのは考えられませんか」

「十分にな。だが、あの原田甚内という浪人は、けっこうな人物に見えた。もしかしたら、俺の読みが甘いのかもしれねえんだが」

「あっしにも、たいした侍のように見えました」

「ただな、そう見えたことが俺には怖いんだ。残念ながら、俺にはまだ人を見抜く目が備わってねえからな」

文之介は危惧《きぐ》を覚えている。貧しい浪人が富裕な商家にたかる気でいるのならまだいい。

ほかになにか狙いがあって、甚内は片桐屋に入りこんだのではないだろうか。

六

雨はあがりかけていた。

「勇七、気になるが、鹿戸さんと会わねえうちにさっさと縄張に戻ろう」

「それがいいですね」

文之介たちの縄張は、本所深川界隈《ほんじょふかがわかいわい》だ。広大だが、それだけやり甲斐《がい》がある。

文之介と勇七は大川《おおかわ》沿いを北上し、永代橋《えいたいばし》を渡った。

足を踏み入れた町は深川佐賀町《さがちょう》だ。

「旦那、それでどうするんですかい」

「勇七、決まっているだろう。嘉三郎の野郎を捜すのさ」

「もっと北でなくていいんですか」

勇七がこういうのにはわけがある。嘉三郎は本所松倉町《まつくらちょう》の一軒家を隠れ家にしていたのだ。

「そう思って、俺たちはずっと本所のほうを捜してたよな。嘉三郎にとって土地《とち》の事情に通じている場所ってことで。でも、もうあのあたりにはいねえんじゃねえかって思える」

「旦那がそう考えたんなら、あっしはそれが正しいと思いますよ」

「深川にいるって確かな証拠もねえし、俺の勘も働いているとはいえねえんだが、今日からは深川を虱潰《しらみつぶ》しにしていこう」

「わかりやした」

文之介と勇七は深川をめぐりはじめた。

懐にしまいこんだ嘉三郎の人相書を、自身番《じしんばん》につめている者たちに見せてゆく。

しかし、どこでもかんばしい答えは得られなかった。その頃には、完全に雨はあがっていた。

「勇七、腹が減ったな」

文之介は少し疲れを覚えている。

「そうですねえ。昼飯も食わずに歩きまわってましたからね」

「なにっ、昼飯を食ってねえって、もうそんな刻限なのか」

「ええ、そうですよ。八つはとうにすぎたんじゃないですか」

「八つ……」

文之介は蓑をひらいて腹をなでさすった。

「こりゃあ腹が減るわけだ。勇七、おめえは減らなかったのか」

「もちろん減りましたけど、旦那が一心不乱に仕事をしているときに、あっしがそんなこと、いえませんから」

「勇七、次からはいってくれ。昼にちゃんと腹に入れとかないと、つらいものがある」

「わかりました。明日からは、いや、明日は非番でしたね。あさってからは必ず教えるようにしますよ」

「頼んだぞ」

「旦那、ところでこのあたりでおいしい店、知っているんですかい」

「ここはどこだったかな」

文之介はあたりを見まわした。

「深川万年町《まんねんちょう》二丁目か」

道を一本はさんで、東側にいくつもの寺がずらりと建ち並んでいる。

「ああ、そうだ。店じゃねえけど、いい屋台《やたい》がある」

「屋台ですかい」

「屋台で買い食いっていうのは、本来なら侍のやることじゃねえよな。恥ずべきことともいわれている。でもいいじゃねえか、そんなもの。勇七、ついてこい。うまいのを食わせてやるから」

万年町二丁目のほうにまわり、相生橋《あいおいばし》近くに文之介はやってきた。北側は仙台堀《せんだいぼり》で、河岸がある。多くの舟が櫓《ろ》の音をさせて、行きかっていた。

「ここだ」

「稲荷寿司《いなりずし》ですね」

屋台のそばで、稲荷寿司と大書された一本の幟《のぼり》が風に揺れている。

「おう、孝蔵《こうぞう》、また食わしてくれ」

文之介は笠《かさ》を脱いであるじに声をかけた。

「御牧の旦那、いらっしゃいませ」

孝蔵と呼ばれた男が頭を下げる。

「久しぶりですね」

「ああ、そうだな。自身番のそばは通るんだが、ここまではなかなか来ねえからな」

万年町の自身番は一丁目と二丁目が一緒になっており、東側の河岸の近くにある。

「勇七、うめえぞ。絶品というやつだ」

「そんなにうまいんだったら、どうしてこれまで連れてきてくれなかったんです」

「なんでかな。別に隠そうなんてせこい気持ちなんかじゃねえぞ。たまたまだろう」

文之介は孝蔵に向き直った。屋台は孝蔵だけでなく、女房のお芽以《めい》の二人でやっている。お芽以は赤子を背負っている。

「お芽以、お瑠衣《るい》は元気か」

お芽以がうれしそうに笑う。器量よしというほどでないが、笑顔が明るく、話していると気持ちが穏やかになる女だ。

「御牧の旦那、赤子の名、覚えていてくださったんですか」

「当たり前だ。そんなにかわいい子の名、一度きいたら忘れねえよ」

「ありがとうございます」

「寝ているのか」

「ええ、ぐっすりです。この子、どっちに似たんだか、寝てばかりいるんです」

寝てばかりか、と文之介は思った。お知佳《ちか》の娘のお勢《せい》を思いだした。丈右衛門はお知佳とうまくいっているのだろうか。

「おめえのほうだよ。いつも寝てばっかりじゃねえか」

「おまえさん、御牧の旦那の前で、なんてことというんだい。あたしがいつも寝てるなんてこと、ないだろうに」

「寝てるだろうが。夕餉が終わればすぐに寝ちまうし、しこみの最中だって、うたた寝してるときがあるじゃねえか」

「あれはお瑠衣の世話で疲れてるのよ。おまえさんがもう少しお瑠衣の面倒を見てくれたら、あたしも寝ないわよ」

「まあまあ、仲がいいところを見せつけるのはそのへんにしておきな。お瑠衣が目を覚ましちまう」

「ああ、すみません」

孝蔵とお芽以が同時に頭を下げる。

「寝る子は育つっていうからな、よく寝ている分にはどっちに似ててもいいじゃねえか」

「そうですねえ。失礼いたしました。――それで御牧の旦那、いくつ包みましょう」

「そうだな、一つずつ包んでくれ」

「はい、ありがとうございます」

お芽以が豆腐でいえば一丁ほどはありそうな大きさの稲荷寿司を、竹皮に手際よく包む。

「お待ちどおさまでした」

「ありがとう」

文之介は受け取り、代を支払った。一つが十六文《もん》だから三十二文だ。

「三十文でけっこうですよ」

孝蔵がいったが、文之介は手を振った。

「そういうわけにはいかねえ。俺は役人だからな、そのあたりのことはきっちりしておかねえと、どうも尻の据《す》わりが悪いんだ」

孝蔵とお芽以が笑みを見せる。

「旦那は相変わらずですねえ」

その場で文之介たちは食べはじめた。

「うめえなあ」

孝蔵とお芽以のつくる稲荷寿司は、ほかの屋台のものとは明らかにちがう。油揚げがまずやわらかでふっくらしていて、それに甘辛いたれが染《し》みこんでいる。やや濃いめと思えるたれだが、それがかための酢飯《すめし》にうまく染みこんで、絶妙な味になっている。

「どうだ、勇七」

勇七がにっこり笑う。

「ああ、答えなくてもいいぞ。その顔でわかる」

文之介は瞬《また》く間にたいらげた。

「もう一個食いてえところだが、まあ、我慢しておくか」

「またいらしてください」

そうさせてもらう、といって文之介は勇七をうながして歩きだした。

「うまかったなあ」

「本当ですね。あんなにうまい稲荷寿司、あっしははじめて食べましたよ」

「なにがちがうんだろうな」

「やっぱり揚げじゃないですか。あれだけふんわりとした揚げ、見たことありませんからねえ」

「そういわれてみればそうだな。油揚げって、豆腐屋がつくっているんだよな。となると、孝蔵の仕入れ先が関わってくるのか」

「でも揚げだけじゃありませんね。ほかにもいろいろ工夫はしているはずですよ。でなきゃ、あれだけのものにはなりませんよ」

「そうだな。教えてもらえねえかな」

「無理じゃないでしょうかね」

「孝蔵なら、教えてくれるような気がするんだが」

孝蔵とお芽以のつくる稲荷寿司は、江戸で一番ではないか、と文之介はひそかに思っている。

すっかり満足した文之介は再び嘉三郎捜しに精をだしはじめた。

いくつかの町をまわったとき、ふといやな目を覚えた。おととい、屋敷のそばで覚えたものと同一だ。

そっと背後をうかがった。しかし、視野には文之介に目を向けている者はいない。

くそっ。どこにいやがる。

「旦那、どうかしたんですかい」

「勇七、きょろきょろしねえでほしいんだが」

文之介はわけを話した。勇七が眉をひそめる。

「もしや嘉三郎じゃないですかね」

「かもしれねえ」

しばらく文之介はあたりをにらみつけていたが、あきらめた。もし仮に眼差しの主が嘉三郎だとしても、おいそれとつかまえられるはずもない。

「勇七、行こう」

すると、そこにまた目を感じた。

今度はもっと粘《ねば》りつくような感じがある。先ほどとは別の人物かもしれない。

文之介はさっと振り向いた。

今度は眼差しは消えず、こちらを見ている者とまともに目が合った。ほんの五間《けん》ほどの距離でしかない。

侍である。あれは、と文之介は思った。前に会ったことがある。

確か太田《おおた》なにがしといったはずだ。市川《いちかわ》という同じ家中の同僚を、永代橋の上で酔って斬ろうとした。そこを文之介が割って入り、市川を助けたのだ。

太田が市川を斬ろうとしたのは、太田の妻の明世《あきよ》との不義が理由だった。おそらく市川と明世の不義は事実であろう。

文之介は永代橋の上で長脇差《ながわきざし》を抜いて太田とやり合う羽目《はめ》になったが、太田が酔っていたこともあり、なんとか勝ちをおさめた。太田は深川佐賀町の町役人たちにつかまり、町奉行所に引っ立てられた。

その後、さる大名家から使いがあり、太田は上屋敷に連れていかれたとのことだ。

そのあとのことは知らない。太田という侍が播州龍野《ばんしゅうたつの》の脇坂《わきさか》家中であることは又兵衛からきかされた。別にきかずともよかった。もし事情をききたいということで呼びだしがあれば、それでわかると思っていた。

結局、脇坂家からの呼びだしはなかった。

その太田があらわれた。町役人に引っ立てられるとき、すごい目でにらみつけてきたことを文之介は思いだした。

太田は着流し姿だ。少し着崩れている。

もしや、と文之介は思った。もう大名家の家臣ではないのではないか。

太田がにやりと笑いかけてきた。

背中がぞくっとした。

太田がゆっくりと歩きだした。足音を立てたくないとでもいうように、猫のように静かに近づいてくる。

勇七が太田をにらみつけ、文之介の前に出ようとした。

文之介は勇七、と呼びかけた。

「俺が相手をする」

「でも――」

「いいんだ」

太田が一間ほどを残して立ちどまった。

「久しぶりだな」

「おととい、屋敷の前にいたのもあんたか」

「なんの話だ」

とぼけているようには見えない。となると、やはりおとといの目は嘉三郎だったのだろう。

「なにしにあらわれた」

「決まっている。この前の決着をつけたい」

「決着はついている」

目を怒らせて太田がかぶりを振る。

「わしは酔っていた。素面《しらふ》で戦いたい」

「真剣でか」

太田がにっと笑う。

「怖いか」

怖い。文之介は思ったが、面《おもて》にはださない。

「真剣ではわしも怖い。酔ってならともかく素面では無理だ」

その言葉を聞いて文之介は内心、ほっとした。

「ついてこい」

太田がさっさと歩きだす。

「旦那、行くんですかい」

「侍が勝負を挑まれて、受けねえわけにはいかねえだろう」

連れていかれたのは、深川加賀町《かがちょう》にある道場だった。

「ここだ」

文之介は看板を読んだ。

貫陰《かんいん》流堀田《ほった》道場とある。知らない流派だが、江戸にはおびただしい数の道場があり、そのすべてを、いくら縄張内だからといって覚えきれるはずもない。

「入れ」

文之介はうなずき、出入口からなかに足を踏み入れた。

道場は閑散《かんさん》としていた。誰もいない。

そんなに広い道場ではなかった。二十人も入ってしまえば、まともに打ち合うことはまずできないだろう。

太田が笑いかけてきた。

「顔がかたいな」

「そんなことはない」

文之介がいい返すと、太田は喉《のど》の奥のほうが見えるほど豪快に笑った。

「すまんな。こんな調子で話しているのに疲れた」

いきなり快活な口調でいったから、文之介は面食らった。勇七も目をみはっている。

「つまりだ、わしはおぬしをからかったにすぎんのだ」

「なんだって」

「だから、別にうらみなどないんだ。おぬしと一度、立ち合ってみたかっただけだ。おぬしを脅すような真似《まね》をしたのは、ちょっとしたいたずらにすぎぬ」

文之介は体から力が抜けた。

「それはまことか」

「嘘などいってもはじまらぬ。ちょっといたずらがすぎた感はあるがな」

にっこりと笑いかけてきた。邪気がなく、赤子のような笑顔だ。

「あのとき、わしに酒が入っていたのは事実だ。わしは家中ではおくれを取ることなど滅多になくてな、それなのに町方役人に負けた。それがどうにも悔しかった。わしはどうしてもおぬしと立ち合いたかった」

太田が竹刀《しない》を放り投げてきた。

「防具はいらんだろ。そのくらいのほうが真剣に近いものを味わえる」

打たれたらさぞかし痛いだろうな、と文之介は思った。それでも真剣でやり合うよりか、ずっといい。

「旦那、大丈夫ですかい」

「大丈夫だ。負けやしねえよ」

文之介は勇七にうなずいてみせた。

「安心して見ていてくれ」

太田が鉢巻《はちまき》をし、襷がけをした。文之介もそれにならった。

「審判役はおらぬが、いいな」

文之介は竹刀を手に、道場の中央に進み出た。太田と相対する。

「申しおくれた。わしは太田津兵衛《つへえ》という」

文之介は名乗り返した。

「では御牧どの、はじめようか」

きえー、と津兵衛が腹の底に響くような気合を発した。

七

文之介も負けずに叫び返した。

間髪《かんはつ》を容《い》れずに返さないと、気合負けしかねない。

どうりゃあ。津兵衛が突っこんできた。上段から竹刀が落ちてくる。

文之介は竹刀ではねあげた。一瞬、がら空きになった胴《どう》に竹刀を叩きこむ。

津兵衛が軽やかに横へ動いて、かわした。小さな動きで鋭く竹刀を振ってくる。

竹刀が激しく面《めん》を叩こうとする。文之介はこれもはね返した。すっと横に動いて、逆胴《ぎゃくどう》を狙った。

これも津兵衛はよけた。下がりざま、小手《こて》を狙ってきた。

文之介は体を斜めにしてかわし、また津兵衛の横に出た。

津兵衛が、文之介の足さばきのすばやさに目をみはりかける。

文之介は津兵衛の体がこちらに向く前に、竹刀を面に打ちこんでいった。

津兵衛ががっちり受けとめ、すぐに文之介を押した。津兵衛のほうが体が大きく、文之介は突き放されそうになった。

踏みとどまろうとして、津兵衛が不意に横にずれた。文之介はわずかに体が傾《かたむ》いた。

そこを津兵衛が竹刀を払った。

文之介はぎりぎりで受けとめた。すかさず竹刀を横に振った。

津兵衛はその攻撃を読んでいたらしく、というより文之介を隙《すき》をつくることで誘ったようで、すっとうしろに下がるや面を狙ってきた。

強烈な振りで、文之介は一瞬、津兵衛の竹刀を見失った。勘だけで竹刀を掲げるようにした。

がしん、と津兵衛の竹刀をまともに受け、足が床板を滑った。

胴がきた。次が逆胴だ。小手も狙われた。

いずれも文之介は足さばきでかわした。津兵衛と少し距離を取り、静かに息を入れた。

津兵衛は動かず、じっと文之介を見据えている。獲物を狙う獣《けもの》のような目だ。息は少しも乱れていない。

文之介も見返した。これは互いに相手の様子を探り合うだけの間にすぎない。

肩を一つ揺らし、津兵衛が床板を蹴《け》った。体が沈みこみ、竹刀が一気に眼前に迫る。

文之介は呪術にでもかかったかのように動かなかった。恐怖はあったが、ぎりぎりまで待つつもりだった。

文之介は今、自分が集中しているのを知っている。そのために恐怖は薄らいでいる。

大丈夫だ、と自らにいいきかせた。

竹刀が視野一杯にふくれあがり、これ以上は無理だと判断するや、横に動いて竹刀をかわし、がら空きの胴に自らの竹刀を打ちこむ。

しかし津兵衛は軽やかに動いてこれをかわし、また上段から打ちこんできた。

文之介は弾《はじ》きあげた。津兵衛の竹刀は燕《つばめ》のように反転し、またも文之介の顔を襲ってきた。

文之介はこれも打ち返した。攻勢に転じるために前に出ようとするが、津兵衛の竹刀のほうがはやく、自然、受け身になった。

津兵衛は上段からひたすら打ちこんでくる。これしか技を知らないかのようなすさまじさだ。竹刀を三、四本握っているのでは、と錯覚しかねないほどだ。

それにしても、どうして面だけなのか、と文之介は竹刀の嵐に必死に耐えながら考えた。これにはなにか狙いがあるのではないか。

そう思って津兵衛の顔をちらりと見ると、目は血走っているものの、どこか冷静さをたたえていて、策を秘めているような色がかすかに感じ取れた。

なにを狙っているのか。

それにしても、津兵衛の剣ははやくて重い。腕がしびれてきた。このままでは、津兵衛の狙いがなにかを目の当たりにするより前に、竹刀が握れなくなりそうだ。

それでも、文之介は津兵衛の竹刀のはやさがわずかにゆるんできたのを感じた。これだけ間断なく上から打ち続けていれば、疲れないはずがない。

文之介は津兵衛の体が竹刀の重みに耐えられず、ほんの少し前に流れたのを見た。一瞬、つくられた隙か、という思いがわいたが、これを見逃すわけにはいかなかった。

というより、考える前にすでに体が動きだしていた。

大振りにならないように注意し、津兵衛の顔めがけて正確に竹刀を打ちおろした。伝わってくる手応《てごた》えは十分なはずで、死にはしないだろうが、太田どのの顔は腫《は》れあがるだろうな、と思うほどの余裕があった。

しかし竹刀は空を切った。

えっ。文之介は信じられず、体の動きがとまった。同時に津兵衛の姿も見失っていた。

まずい。背後にまわられていた。

文之介は狼狽《ろうばい》しかけたが、ここで振り向いては相手の思う壺《つぼ》とさとり、体を前に投げだすような思いで走った。

今まで体があった場所に、強烈な風が通りすぎてゆく。

文之介はすぐさま体を津兵衛に向け、剣尖《けんせん》も向けた。

すでに津兵衛は間合のなかに入ってきていた。またも上段から竹刀を打ちおろしてきた。

文之介は打ち返した。また上段からくるものと思ったが、不意に津兵衛の竹刀が視野から消えた。

文之介は一瞬、戸惑った。だが、すぐに下段から振りあげられた竹刀が目に飛びこんできた。

なにっ、と思ったが、このときも文之介は落ち着いていた。

すぐに竹刀で応じた。受けとめるや、すぐに前に出ようとした。

だが、ここでも津兵衛の竹刀のはやさのほうが上だった。文之介は出足をとめられる形になった。

下段からの次は当然上から振りおろされると文之介は予測したが、津兵衛の竹刀は再び下段からやってきた。

この下段からの連続技には驚いた。腕と腰にかかる負担は相当のものだろう。

文之介はかろうじてよけた。だがまたも下段から竹刀がきた。これも文之介はうしろに下がってよけた。

また下段から竹刀が振りあげられた。文之介は後退した。

だが、それ以上は下がれなくなった。壁に背中がぶつかった。

津兵衛が舌なめずりするような表情を見せたあと、またも下段から竹刀を振ってきた。

文之介は竹刀で受けとめるのが精一杯だった。どうしてこんなによけづらいのか。

それは、下段からの竹刀というものを、あまり受けたことがないからだ。

子供の頃から面や胴が基本で、下からの攻撃というのはほとんど受けない。教えられることもない。

どうりゃあ。津兵衛の気合が高くなった。仕留《しと》められると踏んでいる顔だ。

左耳を竹刀がかすっていった。それだけで文之介には強烈な痛みがあった。

その痛みが文之介に闘志をもたらした。くそっ、このままやられっぱなしでいられるか。

下段からの振りを首をねじってかろうじてかわすや、文之介は床板を踏み抜くような勢いで足をだし、攻勢に出ようと試みた。

それこそが津兵衛の狙いだったようだ。我慢しきれず、文之介がただ藪《やぶ》から棒に前に出てくるのを待っていたのだ。

津兵衛は冷静に一歩下がって距離を置き、上段から竹刀を落としてきた。

文之介は驚愕《きょうがく》した。えっ、と思う間もなく竹刀が目の前に迫った。

文之介は体をよじり、首を下に思いきり下げた。そして前に体を投げだすようにして、虎口《ここう》を脱出した。

どうしてそういう動きをしたのか、自分でもわからなかった。体に棲《す》む獣がそうさせたとしかいえなかった。

この動きはさすがの津兵衛も予期していなかったようだ。

文之介はいつの間にか津兵衛の背中を見ていた。

はっと津兵衛が振り向く。竹刀を振りあげようとしたが、その動きがとまった。

その前に文之介は、津兵衛の喉元に竹刀を突きつけていた。荒い息がおさまらないが、剣尖は震えていない。

「まいった」

津兵衛が苦笑気味にいったが、その目には文之介の腕に対する賞賛の色があらわれている。かすかに羨望《せんぼう》の気持ちも混じっているように感じられた。

「強いなあ、おぬし」

文之介は竹刀をおろした。

「いえ、太田どのもすごい」

これは心からの言葉だ。

「そういってくれるのはありがたい。……場数の差もあるようだが、それだけでは埋められぬ素質の差もあるのはまちがいない。御牧どの、おぬしの素質はすばらしいぞ。そのことは、おぬしの師匠も認めているはずだが」

いわれてみれば、と文之介は思った。剣術道場の師範の坂崎岩右衛門《さかざきいわえもん》が、そんなことを口にした覚えがある。

「しかし久しぶりに楽しかった。おもしろかった。こんなに血がわいた立ち合いは久しくなかった。御牧どの、感謝する」

津兵衛が礼儀正しく頭を下げる。

「こちらこそ、またとない勝負をさせていただきました。ありがとうございました」

文之介は深々と腰を折った。

勇七がそばに来た。安堵の息をそっとついている。

文之介は首筋に流れ出た汗を、手のひらで静かにぬぐった。

その夜、文之介は津兵衛と飲みに行った。

勇七も誘ったが、明日、家族で遊山《ゆさん》の予定があるとのことで、朝はやく起きなければならないらしく、残念ながら来られなかった。

店はどこでもいいと津兵衛がいうので、文之介が選んだ。船松町《ふなまつちょう》二丁目にある江木《えぎ》だ。どこにでもある煮売り酒屋にすぎないが、安くてうまい。

それに、看板娘のおゆいという明るい娘がいるのがなによりいい。文之介は尻をさわろうとしてよくひっぱたかれたものだが、今はそんなことをしなくなったので、おゆいも安心して酌《しゃく》などしてくれる。

「しかしおぬし、強いな」

酒をすすって、津兵衛が道場で口にしたのと同じ言葉をいう。

謙遜《けんそん》するのもいやみのような気がして、文之介は、ありがとうございます、と答えた。それに、剣の腕をほめられるのは心地よい。

「ところで、太田どのは今、どうしているのです。勤番で江戸に出てきたのですよね」

「致仕《ちし》したんだ」

「えっ、まことですか」

「ああ、あんなことがあって、居づらくなった。天下の大道で刀を振りまわし、なおかつ町方を斬り殺そうとした。咎《とが》めなしというわけにはいかぬ。致仕というより、ほとんど放逐《ほうちく》されたも同然だ。妻も離縁したよ。おぬし、市川を覚えているか」

「永代橋で太田どのが斬ろうとしていた方ですね」

「市川と明世の不義はまことだった。そいつは内済《ないさい》ですませた。子はなかったから、離縁できてむしろせいせいした」

「はあ、さようですか」

津兵衛は笑顔を向けてきた。無理につくった笑いに見えた。

「なにしろ武家は堅苦しい。そんな暮らしから抜けだせたのはむしろよかった、とわしは思っている」

文之介は津兵衛の杯《さかずき》に酒を注《つ》いだ。津兵衛が鯵の叩きを箸でつまみ、酒で喉の奥に流しこんだ。少し苦い顔をした。

うまくないのか、と思って文之介は酒を飲んだ。そんなことはない。ここに来るといつも飲むうまい酒だ。

「あの道場は」

文之介は少し方向を変えた。

「師範代らしきことをして、たつきとさせてもらっている。たいしてはやっている道場ではないが」

「以前から知っている道場なのですか」

「わしは若い頃、剣術修行に出てきていてな。そのときに鍛えてもらった」

「あの下段からの連続技も、あの道場の秘剣ですか」

「まあな」

そのあたりは多くは語らない。

「どうしてあのときわしはあんなに酔っていたか」

津兵衛がぽつりといった。

文之介も気にかかっていたことだ。黙って耳を傾ける。

しばらく待ったが、なにも話そうとしないので津兵衛を見ると、目を真っ赤にしていた。涙が流れだす。

「どうしたのです」

驚いてきいたが、津兵衛は黙したままだ。

この涙のわけは、放逐されたとか、妻を離縁したせいではない、と文之介はさとった。

いったい津兵衛になにがあったのか。

八

寝床で丈右衛門はのびをした。

気分のいい目覚めだ。起きあがり、布団を片づける。

丈右衛門は気分が高揚しているのを感じている。

それも無理はない。今日、これから久しぶりにお知佳に会うのだ。

五日前の夕方、奉公先の才田屋《さいたや》から帰っている刻限を見計らって、お知佳に会いに長屋に行った。

団子を手土産に訪れたとき、お知佳はたいそう喜んでくれた。

そのとき、では今度、お知佳さんが休みの日に出かけないか、と思いきって誘ったところ、お知佳はうれしそうにうなずいてくれたのだ。

それ以来、丈右衛門は天気がずっと気になっていた。昨日は雨もよいだったが、今日はいい天気のようだ。暑くなるだろうが、雨よりはずっといい。

丈右衛門は身支度をすませた。文之介は昨夜、飲んでいたらしく、まだ寝ているようだ。

起こすのも悪く、黙って屋敷を出た。というより、お知佳と逢《あ》い引《び》きするというのをせがれにいいたくはなかった。照れがある。

出かけることはさくらにもいってある。だから今日、さくらが屋敷に来ることはない。

待ち合わせの場所とした永代橋に行くと、すでにお知佳は待っていた。お勢をおんぶしている。

その姿を見て、丈右衛門は胸が熱くなった。この広い江戸で懸命に生きているけなげさに打たれたのかもしれない。目頭まで熱くなってきた。

歳を取って涙もろくなったのはまちがいないが、こんな思いがわいてくるのは、きっとお知佳がいとおしくてたまらないからだろう。

「おはよう」

震え声にならないようにいうと、お知佳はとびきりの笑顔を見せてくれた。光り輝いていて、丈右衛門はまっすぐ見られない。

「どうかされましたか」

「なにが」

「お目が赤いようなので」

「お日さまがまぶしいだけさ」

そうなのだ、と丈右衛門は思った。お知佳はわしの太陽も同然だろう。

丈右衛門は背中のお勢に目を向けた。

「また寝ているのか」

「ええ、いくら寝るのが商売といっても、眠りすぎのような気がします」

「なんにしろ、健《すこ》やかなのはいいことだ」

お知佳が笑顔になる。

「丈右衛門さまも、お健やかそうですね」

「なんとかな。幸いにも、まだ体にがたはきておらんようだ」

「丈右衛門さまはお若いですから」

「いや、そんなことはない。お知佳さんも若いぞ」

「子供がいるようには見えないでしょう」

お知佳がおどけていう。

「まったくだ」

お勢という娘はいるが、今は独り身のためにお知佳は眉も落としていないし、お歯黒もしていない。未婚の娘と同じだ。

その娘っぽさがお知佳にはよく合っている。本当にお勢という娘がいるのが信じられないくらいの若々しさだ。

「ところでどこに行こうか」

こうして逢い引きのように会うのははじめてだ。実際、どこに行くどころか、なにを話していいかすらわからないような気がする。

「そうですね。川向こうのほうに行ってみませんか」

「いいのか。お知佳さんの住んでいるほうではないか」

お知佳の住みかは深川島田町《しまだちょう》の長屋だ。

「いいんです。別に行きたいところもありませんし、丈右衛門さまと一緒に歩けるだけで十分ですから」

一緒に歩けるだけか、と丈右衛門は思った。わしもそれで十分だ。

「わかった。ではまいろう」

二人は永代橋を渡りはじめた。

「信太郎ちゃんの養子先は見つかったんですか」

「そいつか」

丈右衛門は鬢を軽くかいた。

「まだなんだ。いろいろ当たってはいるが、むずかしいものだな」

「そうなんでしょうね。でも、きっといいところが見つかりますよ」

お知佳が断言する。

「お知佳さんがそういってくれるのなら、わしも心強い」

「今もさくらちゃんが面倒を見ているのですか」

「すまぬとは思うが、まかせきりだ。今はわしなんかよりずっと信太郎はなついているから、いずれ引き離すことになるのが申し訳ない気持ちになってしまう」

「信太郎ちゃん、さくらちゃんのことを本当の母親と思っているんでしょうね」

そうだろうな、と丈右衛門も思う。だとすると、よけい引き離すのがつらくなりそうだ。

これは、と思って丈右衛門は唇を噛んだ。わしとしたことがしくじったか。そうなることを事前にわかっておくべきだった。

「どうされました」

お知佳にはごまかす気はない。丈右衛門は今思ったことを語った。

「このままさくらちゃんが母親になってしまうなんてことはないんですか」

「まだ嫁入り前の娘だし、それはかわいそうな気がしないでもない」

「そうですよね」

そのあとしばらく無言が続いたが、丈右衛門は決して気づまりではなかった。むしろすぐそばにお知佳がいることで、なにも話さずとも安心できた。

お知佳もそうではないか、と思った。

「お知佳さん、朝餉は食べてきたか」

「はい。丈右衛門さまは」

「実はわしはまだなんだ」

「でしたら、どこかで召しあがりますか」

腹の虫が今にも鳴きだしそうだ。どこがいいか、と丈右衛門は考えた。

「そうだ。近くに屋台が出ているはずだ」

「屋台ですか」

「うん、うまいんだ。侍は買い食いは恥ずべきことといわれているが、そんなことは忘れてしまったほうがいいと思わせてくれるうまさだ」

「売り物はなんですか」

「それは見てのお楽しみだ」

丈右衛門はお知佳を連れていった。

「稲荷寿司ですね」

お知佳が目ざとく幟を見ていった。

「そうだ。うまいぞ」

丈右衛門は屋台の前に立った。

「孝蔵、お芽以」

「これは御牧の旦那」

孝蔵とお芽以が屋台の向こうで頭を下げる。お芽以の背中ではお瑠衣がぐっすりと寝ている。

「ああ、もう旦那じゃありませんでしたね。ご隠居でしたね」

「別になんとでも好きなように呼んでかまわんよ」

「承知いたしました。そういえば、昨日、ご子息が見えましたよ」

そうだったか、と丈右衛門は思った。文之介がこの屋台を知っていたことは、不思議でもなんでもない。教えたことはないが、文之介はなにしろうまいものには鼻がきく。

「子息って柄じゃねえがな。あいつも食べていったのか」

「ええ、こちらで」

「買い食いはいけねえって教えたのに、あの野郎、守ってねえな」

その言葉にお知佳がくすっと笑う。

「そちらは。もしや旦那のご内儀ですか」

「いや、ちがう。ちょっといろいろあって、知り合ったんだ」

「知佳と申します」

お知佳がていねいにお辞儀する。孝蔵たちも名乗り返した。

「ということは、お背中のお子さんは旦那のお子ではないんですね」

「そういうことだ」

「かわいいお子さんですねえ。よく眠っていますね」

「お瑠衣も同じじゃねえか。でも、本当によく子供ってのは寝るなあ。うらやましい限りだ」

「旦那、眠れないんですか」

「いや、そんなことはない。だが、昼間にそこまで熟睡したら、夜は無理だろうな。

――一つもらおうか」

はい、といってお芽以が手際よく竹皮に包む。お待たせしました、と差しだしてくる。

丈右衛門は人目を気にすることなく、がぶりとやった。

「うまいなあ」

心の底からいった。

「ありがとうございます」

孝蔵がうれしそうにいう。

丈右衛門は、お知佳がごくりと喉を鳴らしたのに気づいた。

「お知佳さんももらうか」

「はい、お願いします」

お知佳はそっと一口食べ、そのおいしさに驚嘆した。

「これはすごい。こんなにおいしい稲荷寿司食べたの、はじめてです」

「そうだろう。江戸一の稲荷寿司だよ。わしもこれ以上の稲荷寿司を食べたことがない」

「旦那、本当ですかい」

丈右衛門は孝蔵にうなずいてみせた。

「本当だ。世辞でもなんでもない」

丈右衛門は代を支払って、孝蔵の屋台をあとにした。またいらしてください、と孝蔵とお芽以が声をそろえる。

「ああ、きっとだ」

孝蔵たちの屋台を離れたとき、お知佳が丈右衛門を見あげてきた。

「文之介さん、やはり丈右衛門さまに似ているんですね」

「買い食いか。まあ、親子だからな」

「親子といえば、実緒さん、産み月じゃありませんか」

「そうだ。じき生まれると思う。あと半月もないのではないかな」

「そうですか。初産ならご心配でしょうね」

「元気な子が生まれて、母親もなにごともなければと思う」

「でも大丈夫ですよ。私もこの子を産むときは心配で不安で仕方なかったですけれど、大丈夫でしたし。意外にお産は軽かったんですよ」

「案ずるより産むが易《やす》し、か」

「ええ、そういうことです」

こうして話していると、歳の差などまったく感じない。一緒にいて自然な感じがする。

こういう思いを抱いたのは、今は亡き妻以来のことだ。

お知佳の明るい笑顔。丈右衛門はいつまでも眺めていたい。

仮に、と思った。信太郎を引き取っても、お知佳ならきっとうまくやってくれるだろう。

そんなことを夢想しているおのれに、丈右衛門は驚いた。わしはいったい……。

やはり一緒になることこそが、自然なのか。きっとそうなのだろう。

丈右衛門は心を決めた。

「どうされました」

お知佳にきかれ、にっこりと笑顔をつくった。

「お知佳さんと一緒にいると、楽しいなあと思ったんだ」

九

起きたら父はいなかった。

「出かけたのかな」

文之介は井戸で顔を洗い、そのあと朝餉にした。

昨日、文之介が津兵衛と飲んでいる最中、さくらがつくっていってくれたらしい夕餉の残りがある。

文之介はわかめの味噌汁をあたため直し、たくあんと梅干しで冷や飯を食った。三杯目は味噌汁をざぶんと飯にかけて、しゃくしゃくと食べた。

「こいつはうめえや。さくらちゃんがつくると、味噌汁もうめえもんなあ」

しかし、最近はさくらの飯ばかり食っている。お春のつくったものがなつかしく感じられるほどだ。

本当にお春はこの屋敷に来なくなってしまった。信太郎を抱いたさくらと一緒に夕餉を食べているところを見られるなど、そういった誤解は解けたはずだが、なんとなく気持ちの行きちがいがあって、そのまま小さなわだかまりになっている気がする。

この状態がよくないのはわかっているが、今の文之介にできることはない。

三増屋《みますや》まで会いに行けばお春は会ってくれるだろうが、いやいやかもしれない。

しかし会いてえな。顔を見たくてならない。

父上は、と思った。お知佳さんとはうまくいっているのだろうか。ここしばらくうきうきしていたように思えたが、あれは二人の仲がうまくいっているからかもしれない。

もしかしたら、今頃会っているのかもしれない。

正直、うらやましい。

姉の実緒は、大丈夫よ、といったが、このままお春にずっと会えないなんてことになったら、どうしよう、という気持ちになる。

いや、きっとなんとかなるさ。

なにか別のことを考えよう。

不意に、昨日の太田津兵衛との試合を思いだした。

強かった。あの下段からの連続技の剣。あれはいい。

あれを自分のものにしたい。

もう少し工夫を加えれば、もっとすごいものになるのでは、という気がする。

長脇差を手に庭におり、文之介は振ってみた。うまくいかない。

はなはこんなものだろう。焦る必要はない。毎日怠《なま》けることなく稽古《けいこ》をしていれば、きっと自分のものにできるのではないか。

どやどやと足音がきこえてきた。

「文之介の兄ちゃん」

生垣《いけがき》の向こうから甲高《かんだか》い声がした。

「おう、みんな、来たか」

文之介は長脇差を鞘におさめた。いつもの子供たちだ。今日は、子供たちも手習所が休みだ。一日中、遊べる。

「あれ、仙太《せんた》はどうした」

姿が見えない。

「仙太のやつ、風邪《かぜ》を引いたんだよ」

寛助《かんすけ》がいう。

「えっ、あいつが」

意外だった。体はさして大きくないが、いかにも頑丈そうな感じがする男の子なのだ。

「夏風邪は長引くっていうからな。見舞いに行くか」

「うつしちゃいけないからって、見舞いは遠慮しとくって」

「ふーん、そうか。残念だな。せっかくの休みなのに」

「しようがないよ。文之介の兄ちゃんがもし風邪を引いて休んだら、江戸を守る人がいなくなっちゃうからね」

「なんだ、進吉《しんきち》、いつからそんなお世辞、いえるようになったんだ」

「お世辞じゃないよ。本心だよ」

「そうか。おまえたちからそんな言葉をきけて、俺は涙が出るほどうれしいよ」

「でも文之介の兄ちゃん、泣いてないね」

「これはたとえだ。でもおめえらも、一人前の口をきくようになってきたんだなあ。日々、成長しているってことだな」

みんなでいつもの場所に行った。行徳河岸《ぎょうとくがし》の北側に広がっている原っぱだ。緑の草が風に吹かれて波打つように動いている。さすがにまだ暑く、文之介は月代が熱を持っているのを感じた。

「最初はなにをやるんだ。鬼ごっこか」

「ううん、剣術ごっこにしようよ」

これは次郎造《じろぞう》だ。

「なんだ、いきなりなんて珍しいな」

「臆《おく》したの」

「なんだと」

文之介は息巻いた。

「望むところだ。おめえら、今日こそは全員、のしてやるからな、覚悟しておけ」

ただ、仙太がいないというのはちょっと寂しい。仙太がいろいろ策を考えるのが、文之介にも楽しみになっているのだ。もともと子供相手に勝とうなどという気はない。

「助太刀《すけだち》はいるの」

文之介は子供たちを見渡した。仙太がいないから、全部で六名だ。

「いや、いらねえ。まとめて面倒見てやる」

「後悔しないでね」

「なんだ、保太郎《やすたろう》。仙太みたいな口、きくじゃねえか」

「よし、行くよ、文之介のお兄ちゃん」

進吉が手に唾《つば》を吐きかける。

「よし、来やがれ」

文之介は手にした棒きれを構えた。

子供たちが次々に打ちかかってきた。文之介はうしろにまわられないよう次々に場所を移動して、子供たちの棒きれを弾き返していった。

おや。子供たちと激しく打ち合い続けているうち、文之介は原っぱのまんなかに一本の棒が立っているのに気づいた。

子供たちはその棒の方向に文之介を導こうとしている。

なんだ、あれになんの意味があるんだ。

あの棒にどんな秘密が隠されているのか。

そうか、とひらめいた。あのあたりに穴でも掘ってあるのだ。

その穴に俺をはめようとしているのか。

しかし、それなら棒など目立つだけで必要ない。それに、落とし穴なら前に一度、子供たちはつかっている。

仙太が同じ手をつかってくるとは思えない。

ああ、そうか。仙太はいないんだった。文之介は棒きれを振るいながら思った。

――仙太か。まさか仙太の野郎、本当は風邪なんか引いていないんじゃねえのか。

仙太が穴にひそんでいるのでは、という気になってきた。

子供たちが導こうとしている棒のところに穴があるとして、どういうことか。

なるほど、あそこで下から打とうってんだな。そううまくいくものか。

文之介は、子供たちに誘われるようにそろそろと草原を進んでいった。
棒に近づいてゆくと、やはり穴があいているのが見えた。
仙太の割にずいぶん知恵のねえことするじゃねえか。
文之介は穴をのぞきこんだ。
しかし誰もいない。空洞が広がっているだけだ。
あれ。
一瞬、どういうことなのかわからず、文之介は混乱した。
はっとした。右手からいきなり仙太があらわれ、突っこんできたのだ。
どこからあらわれやがった。
すぐ近くに穴を掘って身をひそめていたらしいのをさとった。
文之介は仙太の勢いに思わず、目をみはって身構えた。
そのためにほかの子供への注意が一瞬、おざなりになった。
しまった。文之介は子供たちのほうに振り向こうとした。
だが、気づいたときにはおそかった。すでに尻へ強烈な一発が見舞われていた。
痛え。文之介は飛びあがった。
地面に足をついたときをさらに狙われた。子供たちは背中と足に棒きれを集中した。
文之介はまったくよけられなくなった。さんざんに打たれて地面の上で丸くなった。

「負けだ、俺の負けだ」

「文之介の兄ちゃん、まいった」

仙太の声だ。

「ああ、まいった」

棒きれの雨がやんだ。

文之介は目をあけ、草の上であぐらをかいた。

「くそっ、また仙太の策にしてやられたか」

文之介は地面を拳《こぶし》で叩いた。

「しかし、まさか風邪っぴきから策がはじまっているとは思わなかったなあ。しかも仙太がおとりになるとはな」

「びっくりしたでしょ」

「ああ、びっくりした。おめえは本当にすげえよ」

文之介は心から口にした。まだあちこちが痛いが、気持ちのいい汗をかけたことがうれしかった。

十

目をあけた。

真っ暗だが、目は闇に慣れている。天井《てんじょう》がぼんやりと見えている。

いろいろな木目模様が、人の顔に見えたりする。薄気味が悪く、原田甚内はまた目を閉じた。

決心がつかない。

どうする。ここまできて、やらぬわけにはいくまい。

それにしても静かだ。どこからか奉公人らしいいびきがきこえてくる。

このまま眠ってしまうか。

いや、それでは駄目《だめ》だ。昨夜も同じだった。結局、決心がつかず、迷って目を閉じた
結果、次に目を覚ましたのは朝だった。

昨夜の繰り返しをするわけにはいかない。

どうする。

やるしかない。

甚内は掛布団をどかし、上体を起きあがらせた。部屋にはむろん、一人だけだ。

やるしかない。もう一度思った。

また日延べするわけにはいかない。

今夜、やってしまわねば。

しかし、いいのか。やれば俺は人でなくなるぞ。

かまわぬ。父の願いがうつつのものになるのだ。それにまさるものはない。

甚内は立ちあがった。史左衛門から与えられた寝巻きからいつもの着物に着替える。

ただ手が震え、幼い頃に戻ったかのように帯を結ぶのに手こずった。あの頃は母が生きていて、いつもやさしく着物を着せてくれた。

帯を結び終えた。甚内は床の間にある刀架《とうか》に近づいた。

両刀に右腕をのばして、またも躊躇《ちゅうちょ》する。

情けないやつめ。

自らを罵倒《ばとう》することで、気持ちを奮い立たせようとした。

しかし右腕はとまったままで、のびていかない。

なにをしている。男が一度決めたことではないか。

やるためにこの家にもぐりこんだのだ。

やらなければ、なんのために手数をかけたのか、わからなくなってしまう。

甚内は腹に力をこめた。右腕が動いた。

指ものばす。指先が刀に触れた。がしっとつかんだ。ゆっくりと持ちあげ、腰に差し入れた。刀を帯びたことで、体に一本、芯が通った気持ちになった。

これならやれる。

もう一度深く呼吸し、心を落ち着ける。やれる、大丈夫だ。

そう思おうとしたものの、やはり気持ちは落ち着かない。

やるしかないんだ。

いいきかせたものの、脳裏をあるじの史左衛門の顔がよぎってゆく。一番下の娘のお倫の顔も。女房のお由もいろいろと世話を焼いてくれた。

奉公人はすべてこの店に住みこみだが、いい者ばかりだ。すぐに親しくなれた。

本当に殺《や》れるのか。――殺れるさ。

甚内は障子をあけた。廊下がまっすぐつながっている。

この先に奉公人が寝ている部屋がある。その向こうは、あるじたち家人の暮らす部屋だ。

冷気が這《は》うように包みこみ、甚内は体をぞくりと震わせた。

どこかで虫が鳴いている。こおろぎだろうか。

甚内はもはや迷わなかった。廊下を滑るように進む。

からくり仕掛けの人形になってしまえばいい。これから行うことは、人としての俺がやるのではない。

奉公人の部屋の前に来た。ここには手代や丁稚が寝ている。次の間は番頭だ。その先が女の奉公人。

甚内は刀を抜いた。斬るまでもない。

気配を嗅《か》いでから、甚内はそっと障子をあけた。

六畳間に六人が寝ている。昼間、一所懸命働いた証《あかし》に誰もが熟睡している。

甚内は口をふさいでは、掻巻《かいまき》の上から男たちの胸に刀を突き通していった。

六名がすむと、次いで二人の番頭をあの世に送り、さらに女の奉公人二人を殺した。

最後は家人だった。

お倫を殺したときは、知らず涙が落ちそうになった。

すべてが終わったとき、体から力が抜けていた。自らを励まし、立ちあがる。

十五名の命を奪った刀は、ぬらぬらと不気味に光っている。

史左衛門の薄目の掛布団で、ていねいに血をぬぐった。鞘におさめる。

甚内は獣になった気分だった。殺戮《さつりく》を行っている最中は、人を殺しているのではない、といいきかせていた。

おでんの大根に串《くし》を刺しているようなものだ、と。

これでいいのか。おびただしい死者を見て、甚内は思った。父の遺言にしたがった結果とはいえ、俺は正しいことをしたのか……。

返り血は浴びていないが、自分が血まみれになっているとしか思えない。

いつまでもこの部屋にはいられない。ぼやぼやしていたら、夜が明けてしまう。

金を盗まなければ。

そうするよう甚内は命じられていた。

第二章　道場破り

一

むごい、という言葉しか見つからない。

「人じゃねえな」

文之介は惨状《さんじょう》を目の当たりにして、つぶやいた。

勇七は呆然《ぼうぜん》として言葉をなくしている。

いったい何人の人が殺されたのか。まさか非番明けにこんな凄惨《せいさん》な事件が待っているとは思いもしなかった。

奉行所から多くの者がやってきている。片桐屋のなかは人であふれていた。

だがその熱気も、おびただしく流された血のにおいを消すまでには至らない。

むしろ、人の熱で生臭い鉄気《かなけ》のにおいはひどいものになっている。

だが、ここで顔をしかめるわけにはいかない。死んだ者に対し、礼を失することになる。

「勇七、生きてる者はいねえのか」

「はい、そういています」

犯人は片桐屋の家人、奉公人を皆殺しにしていった。

死んだのは全部で十五名。あるじの史左衛門をはじめ、幼い三人の娘、女房、奉公人、すべてが殺されている。

いずれも、掻巻の上から胸を一突きにされていた。

「通いの奉公人は」

「いません」

勇七が言葉少なに答える。

通いの番頭でも生きていれば暖簾を継ぐこともできるだろうが、そういう者は一人もいない、ということだ。片桐屋は息の根をとめられたことになる。

文之介は家人たちの部屋に入った。

史左衛門は目をあいている。最後、この瞳に映った光景はどういうものなのか。

三人の子供はいずれも十にいっていない。一番上の姉がせいぜい仙太たちと同じくらいだろう。

文之介は、一番下のお倫という子が史左衛門にまとわりついていたのを思いだし、たまらなくなった。

涙が出てきた。

どういう心境になれば、ここまで徹底してやれるものなのか。

文之介は顔をあげた。泣いてなどいられない。きっとつかまえてやる。

誰の仕業か。決まっている。

原田甚内と名乗っていた浪人だ。あの男の死骸《しがい》だけがこの家にないのだ。

原田甚内というのが本名であるはずもないが、あの浪人はこのことをしてのけるために、片桐屋にもぐりこんだのだ。

二人組の浪人に史左衛門を襲わせたのも、狂言にすぎない。

文之介は、そばに鹿戸吾市がいるのに気づいた。ぼんやりした顔をしている。受けた衝撃があまりに強いせいだろう。

それになにより、史左衛門が二人組の浪人に襲われたとの届けを受け、調べたのは吾市だ。

用心棒の原田甚内が雇われたこともあって、おそらくろくに調べていないのだろう。その後悔が心をさいなんでいるにちがいない。

だが、それは自分だって同じだ。甚内に怪しいものを感じたのに、なにもしなかったのだから。

しかも、あの男を人格者のように感じていた。人を見る目が備わっていないとはいえ、あまりにひどすぎる。

くそっ。文之介は唇を噛み締めた。血が出てきた。

「旦那、大丈夫ですかい」

勇七が手ふきを渡してくれた。気持ちはわかる、という目をしている。

「すまねえ」

文之介は唇に当てた。手ふきが赤くにじんだ。

しかし、これは生きているからこその証だ。死んだ者たちが流した血は、どす黒く変わってしまっている。

「すまねえ、汚しちまった」

「いいんですよ、気にしないでください」

勇七が手ふきを懐にしまう。

「金が奪われているらしいな」

「ええ、文机《ふづくえ》や簞笥《たんす》が荒らされているそうです」

「そんなところに、大金がしまわれていたのか」

「詳しいことはわかりませんが、細かい金でしかないようです。金蔵は破られていないそうですから」

文之介は勇七に導かれるようにして、家の奥に来た。

座敷蔵がある。大きくてがっしりとした錠《じょう》がついたままだ。

「なかの金は無事ということか」

「まだ確かめたわけではないでしょうけど、おそらくは」

うしろから足音がして、文之介と勇七は振り向いた。

「これは桑木さま」

文之介は頭を下げた。勇七もならう。

「朝はやくからご苦労だな」

又兵衛が錠に触れた。

「無理にあけられた様子はないな」

「はい」

「吾市によれば、片桐屋には五万両以上の金があったのではないかとのことだ」

「五万両ですか」

それはまた途方《とほう》もない額だ。

「鹿戸さんは、なにゆえそれを知っているんでしょう」

「片桐屋は裕福だったらしいな。それが気になって以前、同業の者などにどのくらい貯めこんでいるかききまわったようだ。それで、商売の大きさと奉公人の数などから、五万両くらいは蔵に積んでいるでしょうね、というのが大方の見方だったようだ」

「そういうことですか」

文之介はうなずいた。

「でも下手人《げしゅ》はその五万両に手をつけていないのですよね」

「そいつはこれで確かめてみよう」

又兵衛が、左手で握り締めていたものを見せた。一本の鍵《かぎ》だ。

「あるじが寝ていた部屋の戸棚《とだな》の引出しにしまわれていた」

「そのようなところにあったのですか」

「そうだ。そんなたやすく見つかるところにあったのに、下手人はこの鍵に触れていないかもしれぬ。もっとも、金を盗んだあと、引出しに戻したのかもしれんのだが」

又兵衛が鍵を錠に差しこむ。鉄同士が軽くぶつかり合う、小気味いい音がした。

文之介は重い扉をあけた。又兵衛が奥の戸を横に滑らせる。

すごいな、と文之介は目をみはった。数十個と思える千両箱が、ところせましと積まれている。

「無事だな」

「ええ、手を触れられた形跡はないようですね」

一応、又兵衛が二つの千両箱をあけたが、なかにはぎっしりと小判がつまっていた。まぶしいのかと思ったが、小判は白い紙で包みがされている。

「ふむ、誰もさわっておらんな」

又兵衛が文之介にいう。

「家人、奉公人を皆殺しにするまでやっておきながら、どうして金を奪わなかったのか」

まったくだ、と文之介も思った。鍵はたやすく見つかったから、奪うのにさしてときはかからなかったはずだ。

甚内一人だったから、千両箱はあきらめたのか。

いや、いくらなんでもそれはないだろう。

考えられるのはただ一つ。もともと金目当てで片桐屋に入りこんだのではない、ということだ。

二

原田甚内。

これが本名なのかどうか。いや、やはり偽名だろう。

狂言を行って片桐屋に入りこんだ男だ、本名を名乗るはずがない。

文之介は片桐屋の外に出た。なにごとかと大勢の野次馬《やじうま》が店のまわりに集まっている。町奉行所の小者《こもの》たちが輪をつくり、店に近づけまいとしていた。

「勇七、とにかく、原田甚内と名乗っていた野郎を捜しださねばならねえ。もし仮に甚内が片桐屋の者たちを皆殺しにした下手人でないとしても、姿を消した以上、なにか知っているにちげえねえ」

「わかりました」

勇七も決意を秘めた目をしている。

甚内が下手人とした場合、一人でしてのけたのか。それとも、狂言を演じた際の浪人二人がともにいたのか。

そのことはまだいいな、と文之介は思った。今は、甚内を捜しだすことに全力をあげなければ。

「文之介」

そばに池沢斧之丞がやってきた。

「原田甚内の人相書を描く。手伝ってくれ」

野次馬の目の届くところでは描けない。文之介たちは店のなかに戻った。

斧之丞が式台に腰かける。

「文之介も座れ」

「はい」

勇七はいつものごとく立ったままだ。

斧之丞はすでに紙と筆を用意している。

文之介は、斧之丞の問いに答える形で人相書の作成に力を貸した。必死に甚内の顔を思いだす。

切れ長の涼やかな目、というのが最も大きな特徴だろう。

できあがった絵は、かなりの出来だった。似ているな、と文之介は思った。

すぐにこれは刷《す》られ、町々の自身番に配られることになる。

文之介は斧之丞にもう一枚、原田甚内の人相書を描いてもらった。

それを懐にしまい、一人で店の奥にいる又兵衛のもとに行った。甚内捜しに全力を傾ける旨《むね》を告げる。

「ふむ、それでよい。わしはどうして片桐屋がこれほどの目に遭《あ》わねばならなかったのか、事情を調べてみる」

事情がわかれば、原田甚内がここまでしてのけた理由もはっきりするだろう。

「わかりました」

文之介は一礼し、店の外に待たせていた勇七のところに戻った。

「よし勇七、行こう」

文之介は勇七とともに、片桐屋近くの町をまずめぐり歩いた。

「この人相書の男を見つけたら、必ず知らせてくれ」

強い口調で自身番につめている町役人たちに命じた。腹の底に渦巻《うずま》く怒りが文之介を突き動かしている。

途中、一軒の口入屋を見て、文之介はふと口にした。

「勇七、甚内は浪人だよな」

「ええ、あるじがいるようには見えませんでしたからね」

「そうであるなら、なにをたつきにして暮らしていたのかな」

「そうですね。太田さんのように剣の腕を頼りに、道場に雇ってもらうとか。あとはやはり口入屋で仕事を捜すしかないでしょうね」

「なじみの口入屋があるんじゃねえのかな」

「考えられますね。だったら町をまわる際、目についた口入屋を片端《かたはし》に当たっていきますか」

「そうしよう。勇七のいうように剣術道場に身を寄せていることも考えられるから、そっちものぞいていこう」

しかしこの日はなにも得られず、町奉行所に戻った文之介は勇七とわかれて、同心詰《つめ》所《しょ》に入った。

先に帰っていた先輩同心の石堂《いしどう》に話をきいたが、すべての定町廻り同心や臨時廻り同心が片桐屋の一件にかかりきりになっているものの、今のところ手がかりはなに一つとして得ていないとのことだ。

「文之介、疲れた顔をしているな」

石堂にいわれた。

「そうですか」

文之介は頬を軽く叩いた。

「はやく帰って休むよう桑木さまからもいわれている。文之介も帰れ」

「わかりました」

今日一日の日誌を書いて、文之介は帰路についた。

さすがにすっかり暗くなっている。小田原《おだわら》提灯《ぢょうちん》を灯《とも》して、文之介は一人歩いた。

「おう、お帰り」

屋敷には丈右衛門だけがいた。

「ただいま戻りました」

丈右衛門の前に正座して、帰宅の挨拶をする。

「飯は」

「いえ、まだです」

「さくらちゃんが支度してくれてある。食べろ」

「ありがとうございます」

文之介は台所に行き、味噌汁をあたため直した。具は豆腐。主菜は卵焼きだ。

うまいはずだったが、文之介に味はほとんどわからなかった。片桐屋の者たちも、昨夜、こうして夕餉を食べたのだろう。

活気のある店だったから、きっと和気あいあいとした食事だったのではないか。

奉公人も家人も一緒に食事をしていたような気がする。誰もが笑顔でご飯をほおばり、うれしそうにおかわりをする。子供がおかずやご飯をこぼしたり、子供同士の喧嘩《けんか》がはじまったり。それを叱《しか》ることなく、やさしく見守る史左衛門や女房のお由。

そのとき翌日の朝餉を食べることがないなど、誰一人として考えはしなかっただろう。

文之介は夕餉を終え、居間に戻った。

「ひどい事件があったそうだな」

「はい」

文之介は丈右衛門の前に正座した。

「誰からきいたとはきかんのか」

「父上なら、どなたからも仕入れることはできるでしょうから」

「さっき、隣《となり》の山本《やまもと》どのからきいた」

「さようでしたか」

山本は右兵衛《うへえ》といい、町会所掛《ちようかいじよかかり》という職にある。町会所は金を貸したり金を積み立てたり、囲い米《まい》といって米を貯蔵したり、暮らしに困窮《こんきゆう》した者が町内に出たとき助けたりするのが役目だが、それらのことに関する事務を行うのが町会所掛だ。

いくら事務方といえども、三人の子供を含めて十五名が殺害されたという大事件があれば、右兵衛の耳に入らないほうがおかしい。

「事件の大まかなところはきいた。文之介、今日得たことを話してくれんか」

丈右衛門は瞳を光らせている。それが凶暴な獣のように一瞬見え、文之介は父が怒り心頭《しんとう》に発しているのを知った。

非番の昨日、文之介が仙太たちとわかれて帰ってきたとき、丈右衛門は屋敷にいなかった。日暮れてから帰ってきたのだが、なにがあったのか上機嫌《じようきげん》そのものだった。

もともと温厚な人だが、昨日は笑顔が光り輝いているような気がしたものだ。

丈右衛門をこれだけ喜ばせられるのは一人しかいない。お知佳と会い、いいことがあったのはまちがいないが、昨日の機嫌のよさなど、今はどこかに飛んでしまっている。

唾を飲みこんでから、文之介はできるだけ詳しく語った。文之介のなかに相手は隠居だから、という気持ちはすでにない。

丈右衛門はとうにやる気になっている。どんな形であれ、練達《れんたつ》の同心だった父が探索に加わるのは心強い。

あそこまでしてのけた下手人をとらえ、獄門台《ごくもんだい》に送れればそれが一番なのだ。

「……十五名か」

黙って耳を傾けていた丈右衛門がうなるような声をだした。

「ここまで凶悪なのは、わしが現役の頃はなかった。少なくとも覚えはない」

かたく腕を組む。

「文之介、その原田甚内という浪人の人相書はあるか」

「はい」

文之介は迷わず懐から取りだした。人相書はもう刷られはじめているだろう。自分は明日、一枚もらえばすむことだ。

三

文之介はいつもよりはやく出仕していった。やる気満々だ。下手人を許せないという気持ちが横溢《おういつ》している。

丈右衛門から見ればまだまだだが、文之介はいい同心になりつつある。

いずれ自分を凌駕《りょうが》するときがくるかもしれない。

いや、わしも負けておられぬな。

丈右衛門自身、はやめに起きて着替えをし、すでに朝餉を終えた。

よし、出かけるか。

気合がみなぎっているのが自分でもわかる。若い頃に戻ったかのような気の高ぶりがある。

原田甚内が下手人かどうかはまだはっきりしていない。だが、まちがいないだろう、という気がする。

文之介が甚内をとらえるのが最も望ましいが、今はそんなことはどうでもよい。自分の働きで奉行所の誰かがつかまえることができれば、それでよい。

丈右衛門は腰に脇差を差し入れ、屋敷を出た。まだ日は低く、秋を思わせる冷気があたりに残っている。

歩きだそうとして、丈右衛門は足をとめた。

「丈右衛門さま」

信太郎をおぶったさくらが駆《か》け寄ってきた。

「ずいぶんはやいではないか」

「大きな事件があったと近所の人たちからききました。それなら、丈右衛門さまは自らお調べになると考えたんです。それもきっとはやい刻限から」

たいしたものだな、と丈右衛門は感心した。前にも思ったが、この娘には同心としての資質がある。

「ご一緒させてもらってもよろしいですか」

さくらが申し出る。

「ああ、かまわんよ。さくらちゃんなら、いろいろ手がかりにつながるようなことを口にしてくれるかもしれぬし」

「私がですか」

「ああ。頼りにしている」

さくらは驚いたようだが、黙って丈右衛門のうしろについた。

「ああ、そうだ」

丈右衛門は振り返った。

「さくらちゃん、いっておくことがある」

さくらがなにをいわれるか予期したように、体をきゅっと縮めた。

「前にさくらちゃん、わしに惚《ほ》れたといったな」

「はい、申しました。その気持ちは今も変わりありません」

「さくらちゃんみたいな娘にそういわれて、とてもうれしいんだが」

さくらがじっと見返してくる。

「わしには好きなおなごがいる」

さくらがはっとし、うつむきかけた。すぐにその仕草を恥《は》じるように顔をあげた。

「一緒になられるのですか」

「そのつもりだ」

丈右衛門は躊躇なく即答した。

一瞬、顔をゆがめかけたが、さくらはすぐに大きく息を吸った。それだけですっきりした表情を取り戻している。

「わかりました。丈右衛門さまのことはあきらめます。でも、このまま信太郎ちゃんの世話はさせてください」

丈右衛門は笑顔を見せた。本当は抱き締めたいくらい、さくらという娘はけなげでいとおしかった。

「そいつは本当に助かる。――よし、まいろうか」

二人はあらためて歩きだした。

「たくさんの人が殺されたようですけど、どういう事件かお話しくださいませんか」

「わしもまたぎきだが」

丈右衛門は昨夜、文之介からきいたことを包み隠さず教えた。

「十五人も……。幼い子供たちも殺されたのですか」

さくらは目に涙をためている。背中の信太郎もその気配《けはい》を敏感に感じ取ったか、ぐずりそうになっている。

あわてて涙をぬぐったさくらがあやす。信太郎はすぐにおとなしくなり、こくりこくりと眠りはじめた。

それを確かめて、さくらが丈右衛門に顔を向ける。

「そのお侍、どうしてお店《たな》の人を全員、殺したのでしょう」

そいつか、と丈右衛門はいった。

「まず金目当てではないな」

「いいきれるのですか」

「いいきれる」

丈右衛門は深くうなずいた。

「その原田甚内という浪人が金がほしいのなら、一人殺せば十分のはずだ。それで店の者は震えあがる。それに、金蔵の鍵はそれとすぐわかる場所に置いてあったそうだ。それなのに、金をほとんど奪っていかなかったというのは、いかにも不自然だ」

「だったらなにが目当てだったのでしょう」

「おそらく」

丈右衛門は言葉を選ぶようにいった。

「店の者を殺すことこそ、目当てだったんだ。このことは口にこそださなかったが、すでに文之介も気づいているはずだ」

「片桐屋さんには、殺されなければならないわけがあったということですか」

「そうだ。それがうらみなのか、口封じなのか、それとも別のわけがあるのかわからないが、とにかく下手人は片桐屋を根こそぎ殺したかった。あるいは、そうしなければならなかった」

「丈右衛門さまは、片桐屋さんにお知り合いは」

「あるじの史左衛門とは何度か会ったことがある」

「さようですか」

「いい男だったな。ここ最近は会っていなかったが、まさかこのような形で名をきくことになろうとは……」

「さようでしたか」

さくらの声には深い悲しみがたたえられている。

「それで丈右衛門さま、なにから手をつけるおつもりなのですか」

「まずは片桐屋の背後にどんな事情があったのか、調べてみよう」

「背後の事情ですか」

「どうして全員が殺されなければならなかったのか、それを調べれば下手人の居場所も浮かびあがってくるような気がする」

「文之介さまは調べておられないのですか」

「あいつは原田甚内の行方を追っている。背後にどんな事情があるのか、それを調べたほうが早道なのかもしれんことはわかっているだろうが、上からの命《めい》では仕方あるまい」

「丈右衛門さまもそうだったのですか」

「そうだったとは」

「上からの命を守っていたのですか」

丈右衛門は苦笑した。

「守ったときもあった。むろん、守らぬときもあったが」

四

どうするか。文之介は迷った。

「どうかしたんですかい」

うしろから勇七がきく。

「ちょっとな」

「なんです」

「片桐屋が、どうして皆殺しの目に遭わなければならなかったか、そのわけを調べたいんだ」

「でも、そちらはほかの方が担当しているんですよね」

「そうだ。俺が桑木さまに命じられたのは、原田甚内の行方だ」

「だったら、迷うことはないでしょう」

「でもな、片桐屋の裏の事情を調べるほうが、原田甚内の居どころへたどりつくには早道だと思うんだ」

「そうなんですかい」

「勘だけどな」

「あっしは旦那の勘、信じますよ。だったら、裏の事情を調べましょう。それを調べることで甚内の居どころがわかるのなら、桑木さまの命に逆らうことにはならないでしょう」

「それはそうなんだが」

「どうしたんです。旦那にしては煮えきりませんね。思いきりだけが取《と》り柄《え》なのに」

「だけとかいうな」

「失礼しやした」

文之介は鬢を流れる汗をぬぐった。朝は涼しかったが、日がのぼればやはりまだ夏の暑さだ。

「しかし、そいつはきっと父上がやってくれるはずなんだ」

「えっ、ご隠居ですかい。じゃあ、事件のこと、話したんですかい」

「ああ。手助けしてもらうためにな」

勇七が前に出て、文之介の顔をのぞきこむようにした。

「ご隠居に頼るなんて、旦那、変わりましたねえ」

「変わってなんかいねえよ」

勇七がにこりとする。

「一刻もはやく原田甚内をとらえたい。そういうことですよね」

「勇七も同じ気持ちだろう」

「当たり前ですよ」

勇七が決意をあらわにする。

「それで旦那、どちらにするんですか」

「決めた。ここは桑木さまの命にしたがうことにする」

「わかりました。そちらを選ぶということは、旦那がそれだけご隠居を頼りにしているということですよ。顔も似ているし」

「だから、俺の顔はあんなにでかくねえって前からいってるだろう」

「顔の大きさじゃないですって。目や鼻、口などの造作《ぞうさく》が似ているんですよ」

「大きさも似たら、俺は親父《おやじ》そっくりになるってことか」

「いいことじゃないですか」

「昔は知らねえが、今は顔がちっちゃいほうがもてるんだよ」

「旦那は大きくなってももてますよ」

「その前にもてたためしがねえぞ」

「そんなことありませんよ。旦那が気づいてないだけですって。お克さんだって……」

そこで勇七が口をつぐんだ。

勇七は、と文之介は思った。お克が嫁に行ってしまうことを知っているのだろうか。

いや、今はそんなことを考えている場合ではない。

文之介は昨日と同様、勇七とともに口入屋や町道場を訪ね歩いた。

しかし午前中はなんの手がかりもなく、すぎていった。

「勇七、腹が空いたな」

「そうですね。もう九つはまわっていますし。飯にしますか」

「なにがいい」

「旦那の食べたいものでいいですよ。でも行きたいのは、名もないうどん屋じゃないですか」

「よくわかるな」

「何年つき合っていると思っているんです」

文之介と勇七は永代橋を渡り、深川久永町《ひさながちょう》一丁目にやってきた。

せまい路地を入り、なにも染め抜かれていない暖簾の前に立った。

戸をあける。いらっしゃいませ、と元気な声が浴びせられる。貫太郎《かんたろう》とこの店の親父の声だ。

「文之介の兄ちゃん、勇七の兄ちゃん、いらっしゃい」

貫太郎が座敷にあげてくれた。客はほかにおらず、文之介には落ち着けてありがたかった。勇七ものびをしている。

「ずいぶん暇そうじゃねえか」

「なにいってんの。さっきまですごく忙しくて、てんてこ舞いだったんだから」

「へえ、そいつはなによりだな。商売繁盛ってのはうらやましいぜ」

「文之介の兄ちゃんたちも忙しいんじゃないの」

「ああ、知っているのか。ひでえもんだ」

「解決しそうなの」

「当たり前だ。とっつかまえてやる」

「その意気だよ。なんにする」

「いつものをもらおうかな」

「新しい献立《こんだて》ができたんだけど、試してみない」

「新しいってどんなのだ」

「三つのうどんが小盛りになっているんだよ」

「そいつはつまり、親父に貫太郎、おたきさんが打ったものが出てくるって寸法《すんぽう》だな」

おたきというのは貫太郎の母親だ。前は重い病《やまい》にかかっていたが、今はすっかりよくなって、この店で働いている。

「そういうことだよ」

「じゃあ、そいつをもらおう。勇七もそれでいいな」

「もちろんですよ」

貫太郎の妹のおえんが茶を持ってきた。

「どうぞ」

「ありがとう」

文之介は茶をすすった。

「おえん、うまい茶だなあ」

「そういってもらえると、とてもうれしい」

「おめえたちは本当にえらいなあ。俺がおめえたちの頃なんか、どうしていたか、恥ずかしくなっちまうよ」

「なにをしてたんですか」

「剣術に精だしていたんだ」

「旦那、それだけじゃないでしょう」

黙って茶を飲んでいた勇七が口をはさむ。

「女の子の裾《すそ》を思いきりあげたりしてたじゃないですか」

「えっ、そんなこと、してたんですか」

「勇七、おえんの前でそんなことというな」

「じゃあ、本当のことなんですね」

「若気《わかげ》の至りってやつだ。今はもうやってねえから、安心してくれ」

「文之介さんがそんなことしていたら、あたし、口をききません」

「だからもうしてねえって。あれはもう何年も前の話だ」

貫太郎がうどんを持ってきた。

「おう、きたか」

文之介は箸を取り、さっそくずるずるやりはじめた。

厨房《ちゆうぼう》から顔をのぞかせて、親父がきいてきた。

「いかがですかい」

「三つともうめえ」

「本当ですねえ」

勇七の箸はとまらない。文之介も負けじと食べ続けた。

「それぞれ食べた感じはちがうんだけれど、どれも本当にうまい。これはお世辞なんかじゃねえぞ」

親父の打ったうどんは腰が強くて甘みが濃く、つゆとよく絡《から》む。貫太郎のは親父ほどの腰はないが、なめらかさがあって喉越《のどご》しがすばらしい。おたきのは貫太郎のよりもっとなめらかだが、決して腰がないわけではなく、するすると喉を通りすぎてゆく。

文之介はひたすら感嘆するしかない。

すっかり満足して、文之介と勇七は名もないうどん屋を出た。

「しかし貫太郎とおたきさん、二人ともすごいですねえ」

勇七がほれぼれという。

「まったくだな。ああいうのも才なんだろうなあ」

「そうですね。あっしがあんなうどん打てっていわれても、生涯《しようがい》できないでしょうからねえ」

「勇七はぶきっちょだからな」

「旦那はあっし以上にぶきっちょでしょう」

「そんなことねえよ」

「ありますって」

勇七が咳払《せきばら》いした。

「いや、こんなことで争っている場合じゃありませんね」

その通りだった。文之介は勇七とともに原田甚内の探索を再びはじめた。

夕暮れ近くになって、木挽町《こびきちょう》七丁目にある一軒の町道場で耳寄りな話をきけた。看板には河上《かわかみ》道場とあった。

「この侍、来たことがありますよ」

若い道場主が文之介の見せた甚内の人相書を手に、目を輝かせていった。

「まことか」

「なにしろ二度会ってますからね」

「そうか。ここに来たのはいつのことだ」

「そうですね、あれは二度目でしたよ。かれこれ三月ほど前になりますか」

「二度も会っているというのは、この浪人と知り合いなのか」

「滅相もない。道場破りに来たんですよ」

「二度も道場破りに来たのか」

「いえ、最初に会ったのは木挽町一丁目の道場です。四月ほど前、それがしが出稽古《でげいこ》に行ったとき、あらわれたのがこの侍ですよ」

とんでもなく強かったという。

「だからこの顔がここにあらわれたとき、それがしは肝《きも》が冷えましたよ」

「名はきいたか」

「ええ。原田甚内と」

そうか、と文之介はいった。これが本名なのだろうか。それともここでも偽名をつかったにすぎないのか。

「道場破りはされたのか」

道場主がうなだれる。

「立ち合う前に金で片《かた》をつけました」

「そうか。それ以来、原田甚内はあらわれていないんだな」

「ええ、ありがたいことに」

文之介は勇七を連れて、木挽町一丁目の道場に向かった。

道場は内田《うちだ》道場といった。

ここでも確かに、原田甚内は道場破りにあらわれたとのことだ。あまりに強いので、小遣いをやって帰ってもらったという。

道場主は名も住まいも知らない、とのことだった。

「旦那、原田甚内はこの近くにひそんでいるんじゃないですかい」

「俺もそう思う」

文之介は勇七とともに、木挽町界隈を捜すことを決意した。

もう来たか。

原田甚内は暗い目でつぶやいた。道場から遠ざかってゆく町方同心と中間を見つめる。

片桐屋ではじめて会ったときも思ったが、あの同心、やはり剣は相当できる。やってみたい心持ちに駆られる。

強い相手を見ると、どうしても刀をまじえたくなる。

いや、今はそんなことは考えるな。自らを戒《いまし》める。

もしあの同心とこの先、縁があるのだったら、必ずやり合うことになる。そのときを待てばいい。

道場主はうまくやった。下手《へた》を打ったら殺すといっておいたが、その脅しがきいたようだ。

もし町方がやってきたら、道場破りに来たとだけいうように命じていたのだ。一度調べたところに、町方は二度とやってこないだろう。

それでも、はやいところ、居場所を移したほうがいいのは確かだ。

上屋敷に行ってみるか。

五

ここだ。

桑木又兵衛は足をとめた。長屋門が威圧するように見おろしている。

「おぬしはここで待っておれ」

ついてきた小者に命じた。

又兵衛は門衛《もんえい》に名乗り、留守居役《るすいやく》の苗木監物《なえぎけんもつ》どのにお目にかかりたいといった。

話は通じていたようで、上屋敷内にすぐさま入れられた。

訪れるのはずいぶん久しぶりで、又兵衛は目だけをさりげなく動かして、いろいろなところを見た。

そうしていると、前に訪れたときのことがよみがえってきた。なかはほとんど変わっていない。

客間らしい部屋に案内された。すでに監物が座していた。

「わざわざお運びいただき、まことにありがとうございます」

「いえ、監物どののお呼びとあらば、この桑木又兵衛、すぐさま参上いたします」

「ありがたいお言葉」

監物が頭を下げる。

「どうか、顔をおあげくださぃ」

監物はその言葉にしたがったが、また低頭した。

「このあいだはどうもありがとうございました。助かりました」

監物がなにをいっているか、又兵衛にはわかる。

「ご用件は、あの一件に関してですか」

「いえ、ちがいます。もうあちらはけりがつきました」

「どうなったのです。切腹ですか」

「まさか、そこまではいたしません」

「国元《くにもと》に」

「いえ」

おそらく放逐《ほうちく》したのだろう。それ以上、又兵衛はそのことに触れないことにした。

「お忙しいなか、お呼びしたのはほかでもない」

姿勢を改めて監物が本題に入った。

「片桐屋の事件についてききたいのでござる」

どうして、とたずねるのはたやすいが、又兵衛は事件のあらましを説明した。

下手人はおそらく浪人、金目当てかどうかは今のところはっきりしない。店の者全員が殺され、生きている者は一人もいない。

「では、片桐屋はもう二度と立ちあがれないのですね」

「そういうことです」

又兵衛は身を乗りだした。

「監物どの、どういうことです」

「いえ、大きな事件なので、ちょっと気になっただけです」

「そのためだけに、それがしを呼ばれたのですか」

「まあ、そういうことになります」

「監物どのは、あの御仁《ごじん》が関わっているとお考えなのですか」

監物が目をみはる。

「滅相もない。どうしてあの男が関係しているとお考えなのです」

「放逐されたのではありませんか」

「致仕したのです。それに、あの男は十五名も殺害できる男ではござらぬ」

もしかすると、と又兵衛は思った。監物はすでにあの男のことを調べたのかもしれない。それで、関わっていないのが判明したのではないか。

それにしてもどういうことなのか。

とにかくこの屋敷の者には、片桐屋の事件に無関心でいられない事情があるということなのだろう。


夕暮れに奉行所に戻ってきた文之介は、又兵衛に呼ばれた。

奉行所の母屋《おもや》にある又兵衛の用部屋に行く。

失礼します、と文之介は襖をあけた。

「文之介か、入れ」

「座れ」

又兵衛は厳しい顔をしている。なにか叱られるようなへまをしただろうか、と文之介は思い返した。

「話しておくことがある」

又兵衛が重々しい口調でいう。

「はい」

文之介は緊張して答えた。

又兵衛が、とある大名家の上屋敷でどういう会話がかわされたか、話した。

「それはどちらの大名家ですか」

「西国《さいごく》のある大名だ」

「名を教えてください」

少し躊躇しかけたが、又兵衛は口にした。

「播州龍野で五万一千石を食《は》む脇坂家だ」

「脇坂家……」

外様《とざま》だ。遠い昔の関ケ原《せきがはら》の戦いでは最初西軍に与《くみ》したが、戦《いくさ》の最中に裏切り、それが功を奏して家名の存続がなったといわれている。

もっともそれは誤りで、最初から東軍につこうとしていたが、情勢が脇坂家に味方せず、仕方なしに西軍についたのだともいう。はなから家康に通じていたから、敵と見られることなく関ケ原の役のあと、所領を安堵されたともきいている。

「龍野……」

文之介はどこにあるか知らないが、赤穂《あこう》に近いというのは耳にしたことがある。

「龍野というのは、播磨灘《はりまなだ》から揖保川《いぼがわ》沿いに三里ほど上流に行った町だ」

又兵衛が説明する。

「どうして脇坂家が片桐屋の事件のことを知りたがるのですか」

「わしもただしたが、答えてはくれなんだ」

「脇坂家と片桐屋。両者になにか関わりがあるのはまちがいないでしょうね」

「それはそうだろう。こちらで人別帳《にんべつちょう》を調べたところ、片桐屋のあるじ史左衛門は龍野の出であるのが知れた。もっとも、江戸に出てきたとき、史左衛門はまだ小さかったようだが」

「では、父親が」

「そういうことだ。父親が江戸で商売をはじめ、今の身代《しんだい》の基を築いたといっていいようだ」

そういうことか、と文之介は思った。

「それなら、片桐屋と脇坂家には今も太いつながりがあると考えても差し支えありませんね」

「その通りだ」

「桑木さま、脇坂家のこと、調べてもかまいませんか」

「脇坂家の代々頼《だいだいたの》みが誰か、文之介、知っているか」

代々頼みというのは、大名家などが町奉行所を頼りにするに当たり、窓口となっている者のことをいう。与力ともなれば、有力大名を代々頼みとしていくつか抱えていれば、年に千両を優に超える収入があるといわれている。

「もちろんです。桑木さまです」

そのくらいはふつうに知っている。

「しかし文之介、脇坂家のことを正面から調べてもなにも得られるものではないぞ。脇坂家のためにさんざん恩を売ったはずのこのわしだって、なにも話してはもらえんのだからな」

それは又兵衛のいう通りだろう。

「文之介、おまえを呼んだのは、脇坂家のことをきかせるためだけではない」

「はい」

「太田津兵衛どののことだ」

文之介は、つい最近会ったばかりであることを語った。

「それは好都合だ。では、太田どのが脇坂家から放逐されたのも知っているな」

「はい」

「太田どのの居場所は」

「存じています」

「家中《かちゆう》の者にきいてもろくに話をきけぬだろうが、すでに禄《ろく》を離れた者なら少しは口も軽かろう。太田どのに会い、脇坂家中でどんなことが起きているのか、きいてこい」

翌日、文之介は勇七とともに深川加賀町にある堀田道場に行った。

相変わらず静かな道場だ。もっとも、まだ刻限がはやく、門人は一人も来ていないのかもしれない。

勇七が入口の戸をあけて訪《おとな》いを入れる。

「どなたかな」

奥から出てきたのは、初老の侍だ。みすぼらしい格好をしている。この男が道場主だろうか。少し酒くさい。

文之介は名乗り、津兵衛に会いたい旨を告げた。

男が無精ひげをなでまわした。

「あの男、なにかしでかしたのかね。ふむ、それでかな」

それでかな、というのが文之介は気になった。

「いえ、ちがいます。少し話をききたいことがあるのです」

「お知り合いかね」

「ええ」

「あの男、旅に出た」

「旅ですか。どこに」

「さあな」

「いつ帰ってくるんです」

「わからん。二、三日かもしれんし、一年ほどになるかもしれん」

「一年……」

「一年はいいすぎだな。あいつは持ち合わせがないから、すぐに戻ってこよう。長くて四、五日とにらんでおる」

すぎてしまえばすぐだろうが、今の文之介にはかなり長く感じられる。

「あいつ、自由を得たものでな、いろいろまわりたくてたまらんのだよ。関東の広さを味わいたいと申していたから、北に向かったのはまちがいないがな」

「わかりました。出直します。太田どのが帰ったら、番所《ばんしょ》につなぎをくれるように伝言を願えますか」

「ああ、必ず伝えよう」

文之介は勇七をうながし、堀田道場をあとにした。

「今の道場主、ずいぶん飄々《ひょうひょう》としてましたね。酒のにおいもさせてましたし」

「はやっていないのはわかるな。だから太田どのも旅に出たんだろう。遊山の旅ではなく、剣術修行かもしれんな」

「道場破りですか」

「街道沿いにある道場に戦いを挑むことになるだろうから、結果としてそういうことになるかな」

「でも旦那、太田さんがいなくて、これからなにを調べますか」

「勇七、脇坂家の上屋敷ってどこにあるか、知っているか」

勇七が首をひねる。

「どこでしたかねえ」

文之介は脳裏に江戸の絵図を思い浮かべた。

「昨日、木挽町に行ったな。あの近くじゃなかったかな」

「旦那、そうです、そうです。確か芝口《しばぐち》南のほうですよ」

文之介は勇七とともに、脇坂家の上屋敷の前に立った。

もちろん、なかに入れるはずはない。入る気は、はなからなかった。

「人の出入りは、あまりたいしたことはないようだな」

「ええ、ずいぶんと静かな感じですね」

「おっ」

文之介は、門のくぐり戸を出てきた商人らしい男に目をとめた。

「出入りの商人ですかね」

「だったら、家中のことに詳しいかもしれねえな」

文之介は近づき、声をかけた。

商人は文之介と勇七を町方と認め、少しかたくなった。

「そんなにしゃちこばることはねえよ。ちょっと話をききてえだけだ」

「はい、どのようなことでしょう」

「その前に、おまえさん、なにを商っているんだ」

「呉服でございます」

「脇坂家に品物を入れているんだな」

「はい」

文之介は呉服屋の商人を、脇坂屋敷からやや離れた場所に連れていった。そこはこぢんまりとした稲荷の陰の路地《ろじ》だ。

「脇坂家のことだ。ここ最近、なにか変わったことはなかったか」

「それでしたら、お殿さまが亡くなったばかりです。それが最近では一番のできごとではないでしょうか」

代替わりについて又兵衛はなにもいっていなかった。又兵衛が脇坂家の殿さまの死を知らないわけがない。津兵衛との関わりがあったことから、すでに文之介も知っているはずと考えたのかもしれない。

「代替わりがあったのか。跡は誰が継いだんだ」

「若殿さまです。十七歳ときいておりますが」

十七か、と文之介は思った。まだ継いだばかりの上、その歳では家中をまとめるなど、できはしないだろう。

いろいろごたごたがあっても不思議はない。片桐屋はそのごたごたに絡んで皆殺しにされたのかもしれない。

「片桐屋のことはきいているか」

「は、はい、同じ商売人ですから、噂《うわさ》は入ってまいります。なんでもひどいありさまだったとか」

「ああ、まったくだ。片桐屋は脇坂家に品物を入れていたか」

「片桐屋さんは材木問屋ですね。いえ、きいたことはありません」

そうか、と文之介はいった。これで呉服屋の商人を解き放った。

片桐屋と脇坂家のつながりを見つけることが、次の仕事だろうか。

六

二日にわたって調べたが、片桐屋に関して丈右衛門はほとんど収穫がなかった。

徹底してききこみをしてみたが、片桐屋は誰からもうらみを受けるようなものは感じられなかったし、商売も至極《しごく》順調だった。

それなのに、どうして皆殺しという凄惨な事件に引きずりこまれるような羽目におちいったのか。

唯一の収穫は、あるじの史左衛門が播磨の龍野の出身であるのがわかっただけだ。これは、片桐屋の同業の者からきいたのだ。

もっとも史左衛門が江戸に出てきたのはまだ幼い頃の話で、正確には先代のあるじが龍野の出なのだ。

龍野か、と丈右衛門は思った。龍野といえば脇坂家の領地である。脇坂家の代々頼みは又兵衛だ。なにか話がきけるかもしれぬと思ったが、今は又兵衛を頼るよりできるだけ自分で仕入れたほうがよさそうに思えた。

それにしても、と思った。片桐屋と脇坂家はなにかつながりがあるのだろうか。

丈右衛門は、脇坂家のことも少し調べてみた。つい一月半ほど前、殿さまが死に、代替わりがあったばかりだ。跡を継いだのはまだ十七歳の若殿である。

これでは家中がまとまらないのは当然で、そのことが片桐屋の惨殺事件につながったのではないか、とにらんだのだが、思案もそこまでだった。考える材料がなくては、閃《ひらめ》きも脳裏をかすめていってはくれない。

一つだけ思ったのは、片桐屋にいた三人の娘のうち、一人が脇坂家の血を引く者で、その血を根絶やしにしたというものだったが、その考えには無理があるようだ。

皆殺しにしたのは、秘密を知る者を一人たりとも生かしておきたくないという説明がつかないでもないが、血に関しては病のように敏感で、やるときは徹底的にやってのける武家といっても、男子ならともかく姫さまに対し、いくらなんでもそこまでやらぬだろう、という思いがある。

　夕餉の支度をしてくれたさくらが信太郎とともに帰っていって四半刻《しはんとき》ほどのち、文之介が屋敷に戻ってきた。

「帰ったか」

「ただいま戻りました」

「飯はまだだな」

「はい」

　いかにも腹を空かしている顔だ。

「一緒に食べるか」

　いうと、文之介は意外そうな顔をした。

「まだだったのですか」

「たまには一緒に食いたいと思ってな」

　居間に二人して膳を運んできた。向かい合って座る。

「では、いただこうか」

「いただきます」

主菜は鰯《いわし》の丸干しだ。醬油《しょうゆ》をほんの少し垂らして食べると、身の旨《うま》みがはっきりするようで箸がとまらなくなる。

同じように文之介もうまそうに食べている。

食事を終え、二人で茶を喫した。

「なにかわかったか」

丈右衛門はたずねた。

文之介が脇坂家のことを話し、つけ加える。

「昨日、桑木さまからお話しいただきました。父上にお話しするのがおくれてしまいました。申しわけございません」

「いや、そんなことはどうでもよい。それなら、片桐屋が播州龍野の出であるのも知っているな」

「はい。それについて、父上はどうお考えですか」

「今のところはなにも浮かばんな。これはもったいぶっているわけではないぞ」

「はい、わかっています」

「とにかく明日、もう一度、脇坂家のことをじっくりと調べてみようと思う」

翌日、丈右衛門はさくらが来るのを待って、脇坂家のことを当たりはじめた。同時に、片桐屋との関係も調べた。

江戸で育ったといっていい史左衛門が、上屋敷の者とつながりがあったのはまずまちがいあるまい。

どういうつながりか。これまでの調べでは、片桐屋が脇坂家の御用《ごよう》商人だったという話は出てきていない。

しかし半日以上かけたが、なにもつかめない。

出入りの商人にも話をきいた。しかしこれも収穫なしに終わった。

丈右衛門は月代をかいた。

「なかなか手強《てごわ》いな」

大名家のことはむずかしい。丈右衛門は唇を噛むしかない。

「大名家に関わるのは、これがはじめてというわけではありませんよね」

信太郎をおぶったさくらがきく。

「ああ、現役のときも同じようなことがあった」

「どのようなことです」

「あれはもう二十年以上も前のことだな」

真っ昼間、町なかで堂々と商人から金を脅し取る侍があらわれた。被害は月に三、四人。刀を突きつけ、金、と一言いうだけだが、その迫力に商人たちは縮こまってしまい、有り金すべてを奪われていた。

丈右衛門はその事件を調べていたが、その矢先、商人が一人殺された。どうやら逃げようとして、背後から斬られたのだ。

月に三、四度、犯行に及ぶことから丈右衛門は勤番の犯行ではないか、と推察した。勤番には月にそのくらい休みが与えられるのだ。

「人殺しをしてのけたことで、もう金を脅し取ることはやらぬのではないかとわしは思ったりもしたが、その侍は再びはじめた」

丈右衛門は、これまで犯行が行われた場所を調べ尽くし、ここぞという場所で張りこんだ。

張りこみはじめて二日目だった。ついに犯行の場面に出くわした。

侍は必死に逃げたが、丈右衛門も必死だった。逃がしてたまるか、という一念《いちねん》だけで追いかけた。

侍が上屋敷に逃げこむ前、丈右衛門はついにとらえた。

「その人は大名家の家臣だったのですか」

「そうだ」

「町方がとらえることはできるのですか」

「上屋敷に逃げこまれたらお手あげだが、屋敷の外ならこちらのものなんだ。つかまえてしまえば公儀の法で裁ける」

「ああ、そうなのですか」

「しかしつかまえたものの、結局は上屋敷に引き渡すことになった」

「引き渡したのですか」

「お奉行の命では逆らいようがない」

「その人がその後どうなったか、ご存じですか」

丈右衛門は首を振った。

「上屋敷で斬罪《ざんざい》か切腹になったはずだ。ふつうの侍ならそうなる。だが……」

丈右衛門は言葉をとめた。さくらは黙って続きを待っている。

「あるいは今頃、国元でのうのうと暮らしているかもしれぬな」

七

脇坂家と片桐屋がどういう関係なのか、調べることは丈右衛門にまかせることにした。父上なら、きっと調べだしてくれるにちがいない。

文之介は勇七とともに、原田甚内の行方を追い求めている。さまざまな町をめぐり歩いては、ききこみを行っている。

しかし甚内の影はまったくない。

「あの野郎、本当にどこにもぐりこみやがったんだ」

「旦那、江戸の外に出たっていうのは考えられませんか」

文之介は眉根《まゆね》を寄せた。

「あり得るな。仕事をしてさっさと江戸をあとにした……。江戸を出て、甚内の野郎はどこに向かったんだ」

「龍野じゃないですか」

「なに」

文之介は叫んだ。

「勇七は、あの野郎が脇坂家の家臣だって思っているのか」

「そう考えれば、辻褄《つじつま》が合うような気がするんですけど」

なるほど、と文之介は思った。殿さまが代わったばかりで家中にごたごたが起き、その余波で片桐屋は一家、奉公人もろとも惨殺されなければならなかった。

「となると、甚内は浪人に見せかけて実は家中の士《さむらい》だったのか」

「あっしはそう思うんですけどね」

文之介は、浪人にしてはきりっとした姿を思いだした。あれも大名家の家臣だからこそ、だったのか。

「今頃、あの野郎、東海道《とうかいどう》か中山道《なかせんどう》をひたすら歩いてやがるのか」

「まあ、そうなんでしょうね。一刻もはやく江戸を離れたいでしょうから、馬をつかっているかもしれませんが」

「もっとはやい方法があるな」

「船ですね」

「ああ、脇坂家はもともと海賊衆《かいぞく》だから自前の船を持っているのかもしれんし、そうでなくとも、懇意《こんい》にしている廻船《かいせん》問屋の船に乗せてもらうこともできるだろう」

勇七がなにかを思いついた顔をして、考えこんだ。

文之介は期待して見守った。

「ねえ、旦那」

「なんだ」

文之介が間髪容れずに大声でいったから、勇七が耳を押さえた。

「そんなでっかい声、ださないでくださいよ。耳が痛いですよ」

「すまねえ。勇七、なにを思いついたんだ」

「よく思いついたってわかりますね」

「当たりめえだ。いつからのつき合いだと思っているんだ」

「最近、きいたような台詞《せりふ》ですね。——片桐屋さんのことですよ。史左衛門の親父さんは、どうして江戸に出てきたんでしょうね」

「そうさな、江戸に商売の機会を求めてじゃねえのかな」

「もともとは侍だったとか」

「致仕したっていいたいのか」

「かもしれませんよ。侍より商売人のほうが合っている人、けっこういるって話じゃないですか」

その手の話なら、文之介も知っている。侍をやめて商家に転ずる者だ。商家の婿《むこ》に入る者も少なくないときく。

「そうか、だから片桐屋は出入り商人でもないのに、脇坂家と懇意にしていたことになるのか」

文之介は笑顔になった。

「勇七、いってえどうしたんだ。えらい冴《さ》えてるじゃねえか」

手をのばし、いい子いい子、とばかりに頭をなでてやった。

「ちょっと旦那、やめてくださいよ。人が笑っているじゃないですか」

あたりを行きかう人が、にやにやしながら通りすぎてゆく。

「おう、すまねえな」

文之介は引っこめた腕を組んだ。

「でも勇七、もともと侍だったというのは目のつけどころとして最高だぜ」

「さいですかい」

「よし、じゃあ、片桐屋の親父のことを調べてみるか。そこからなにか出てくるかもしれねえ」

「目指すは南飯田町ですね」

「そういうこったな。あの町で片桐屋の近所をききまわれば、なにか知れるかもしれねえな」

文之介と勇七は勇んで歩きだした。

途中、勇七が、あっ、と声をあげた。前を行く文之介は先に気づいていた。

「お克」

文之介は声をかけた。

うつむき加減に歩いていたお克が、はっと顔をあげる。うしろに供の帯吉《おびきち》がいる。

勇七が文之介の横に出てきた。喜色《きしょく》をあらわにしているが、不意に眉を曇らせた。

お克はやせたままなのだ。太っているときよりずっときれいだから、文之介としてはこのままでいいと思うが、勇七は心配でならないようだ。

供の帯吉もどこか元気がない。

「どうしたんですかい、なにか悩みごとですかい」

思いきったらしく、勇七がきいた。

お克がそっとうなだれる。

「お克、大丈夫か」

お克が笑みを見せる。はかなげな笑いだ。

「文之介さま、私、そんなにやつれて見えますか」

「少しな」

勇七が、少しなんてもんじゃないですよ、といいたげな顔をする。

「例の件か」

「はい。まだ迷っているんです。悩んでもいます」

それがなにを指しているのか、勇七にもわかったようで、えっ、と驚いた表情になった。

文之介はなにもいえない。お克に嫁に行くなともいえない。

この前、屋敷のそばで会ったとき、嫁に行くなといったのは勇七のためだ、と明言してしまった。

お克は衝撃を受けただろうが、文之介としても嘘はつきたくない。必要な嘘ならついてもいいかもしれないが、色恋のことでの嘘は相手を傷つける一方だ。

しばらくお克は無言で文之介を見つめていたが、不意に目を落とした。

「これで失礼いたします」

ていねいに一礼し、すっときびすを返した。帯吉も頭を下げて歩きだす。

お克の姿は雑踏《ざっとう》に紛《まぎ》れていった。

「旦那、お克さん、悩んでいるっていってましたけど、縁談、断ったんじゃないんですかい」

勇七は険《けわ》しい顔をしている。まるで餌《えさ》を横取りされた犬のようだ。

文之介は、どういうことになったのか、勇七に説明した。

「じゃあ、お克さん、本当に嫁に行ってしまうかもしれないんですか」

勇七が絶望した声をだす。

「ねえ、旦那」

深々と頭を下げてきた。

「お克さんに、行かないようにまたいってくれませんか」

「駄目だ」

文之介は迷うことなく断った。

「俺がいくらいったって、駄目なんだ。もうなるようにしかならねえんだよ」

「でも……」

「勇七、どうして自分の気持ちをお克に伝えないんだ」

文之介の頭には、自分の気持ちをすぐに口にするさくらのことがある。

勇七が下を向く。

「自分なんかじゃ無理ですよ。だってあっしは、しがない中間にすぎませんから」

「なんだと」

文之介は頭に血がのぼった。

「てめえ、こっちに来やがれ」

文之介は、人けのない路地に勇七を連れこんだ。木塀《きべい》に背中を押しつける。

「おめえ、仕事に誇りを持っていねえんだな」

勇七はなにも答えない。

そのことにも文之介は頭にきた。拳を一発、勇七に見舞う。

がつ、と音がして、勇七の頭が塀にぶつかった。そのままずるずると腰が落ちてゆく。

勇七は力なく尻を地べたに預けた。

「自分に誇りを持てねえなんて、なんてけちな野郎だ。もう顔も見たくねえや」

文之介は顔をそむけて歩きはじめた。

八

まったくあの野郎。

文之介はぶつぶついいながら足を運んだ。どこに行くというあてもなかったが、片桐屋のある南飯田町に向かっていた。

そうか、史左衛門の親父のことを調べるんだったな。

でもそれだって勇七が思いついたことだ。勇七抜きで調べるのは、どこかうしろ暗い気持ちがある。

勇七の野郎、なんであんなこと、いいやがったんだ。

もっとも、勇七の気持ちはわからないでもない。相手が奉公人を数十名つかっている呉服屋の青山《あおやま》の娘では、同心だって心を打ち明けるのにひるむだろう。

明日が非番だったらいいのに、と文之介は思った。そうすれば勇七と顔を合わせずにすむ。

だが明日も仕事だ。しかも片桐屋の一件がある。決して休むわけにはいかない。

ということは、いやでも勇七と顔を合わせなければいけない。

まったくあの野郎、なんであんなことというんだ。

「どうした」

不意に声がかかった。

「文之介、なにをぶつぶついっているんだ」

文之介は立ちどまり、目を向けた。

そばの水茶屋の縁台に、丈右衛門がさくらと並んで腰かけている。二人は茶を飲んでいる。あとは団子《だんご》。

さくらが立ちあがり、挨拶する。おぶっている信太郎はぐっすりと寝ている。

文之介はさくらに挨拶を返しつつ、いつしか南飯田町に入っていたのに気づいた。それなら、丈右衛門たちがここにいても不思議はない。

「休憩ですか」

「まあ、そうだ。歳だからな、休み休みでないと調べは進まん」

というより、探索を終えて一休みしているように見える。

「文之介、片桐屋のことを調べに来たのか」

「ええ、そうです」

丈右衛門がにやりと笑う。

「当ててみせようか」

「えっ」

「まあ、座れ」

文之介は、丈右衛門とさくらのあいだに腰をおろした。

「ここでいいんですか」

「妙な気をまわさんでもいい」

文之介はさくらに笑いかけた。さくらは笑い返してくれた。

「それで、当ててみせるというのは、なんですか」

「史左衛門の父親のことだろう」

えっ。文之介はさすがに声が出ない。

「図星《ずぼし》か」

「……はい」

「そのことなら、もうわしたちが調べた。ききたいか」

さくらが瞳を輝かせる。

「まさかさくらちゃんの思いつきですか」

「いえ、ちがいます。思いつかれたのは丈右衛門さまです」

文之介は丈右衛門に目を戻した。

「是非おきかせください」

丈右衛門が茶をすする。

「文之介も頼むか」

「じゃあ、お茶を」

丈右衛門が小女《こおんな》に注文してくれた。すぐに湯飲みが文之介の横に置かれる。

文之介はぬるめにいれられた茶を喫した。口のなかがすっきりする。

湯飲みが縁台に戻されるのを待っていたかのように、丈右衛門が話しだす。

「この町の名主《なぬし》を訪ねた。前からなじみだから、なつかしんでくれてな、人別帳をすぐに見せてくれた。それによると、今を去ること三十年近く前に史左衛門の父親の史太郎《ふみたろう》は、播州龍野から江戸に出てきて、この町に住みこんだ。はなから商売をしたくて龍野を出てきたらしい」

「もとは侍ですか」

「そのようだ。名主によると、かなりの家柄の跡取りだったらしいが、家督《かとく》は弟に譲《ゆず》り、単身で江戸に来たようだ。もともと子供の頃から商才があったらしく、どうせやるなら将軍のお膝元《ひざもと》の江戸のほうがいいと思いきったらしい」

「どうして南飯田町なんですかね」

「龍野からは廻船問屋の船で来たらしいんだが、この町に伝馬船《てんません》が着いたからのようだ」

伝馬船というのは、大船に積まれている小型の舟のことだ。荷を積んだり、大船と岸のつなぎなどにつかわれる。江戸湊《みなと》は浅瀬が多いために、大船はほとんど入ってこられないのだ。

「いきなり材木問屋をはじめたんですか」

「どうもそのようだ」

「誰かからの援助があったんでしょうね」

「実家かな。あるいは家中の有力者か」

重臣か、と文之介は思った。どうしてそんなことを父がいうのか、考えをまとめようとしたとき、丈右衛門がきいてきた。

「勇七は」

文之介は答えようがない。

丈右衛門が柔和に笑う。

「喧嘩でもしたのか」

「ええ、まあ」

丈右衛門はごまかせない。

丈右衛門が顔をのぞきこんできた。瞳が深い色をしている。

「ちょっと深刻そうだな。いつもの喧嘩とはちがうか」

文之介はうなずいた。

「そういえば、小さな頃も同じような顔をしていたことがあったな」

小さな頃、と文之介は考え、すぐに思いだした。

手習所で学問をしていたときだ。勇七のほうが学問が進むということがしばらく続いたことがあった。

「中間の子のくせに」

悔しくて文之介はいってしまったことがある。心にもないことだったから、口にして文之介のほうが驚いたくらいだった。

「てめえは俺のこと、そういう目で見ていやがったのか」

勇七が猛烈に怒り、喧嘩になった。

その喧嘩は尾を引きそうな雲行きだったが、反省した文之介が勇七に謝ったことで仲直りができた。

「喧嘩して仲直りしてまた喧嘩して……それが男の子だよな。ときに、心にもないことを口にしてしまうこともある。それが人ってものだ」

丈右衛門が文之介の背中を叩いた。

「まあ、そういうことさ」

すっくと立ちあがった。

「文之介、代は頼む」

丈右衛門がさくらをうながし、さっさと歩きだした。さくらがごちそうさまでした、と頭を下げる。

「うん」

文之介はさくらにうなずきを返した。

そうだよな、と思った。これまでいったい何度、勇七とは喧嘩しただろう。喧嘩をするたびに、絆《きずな》が強くなってゆくような気がしたものだ。

今回もそうにちがいない。いや、もうこれ以上強まる必要がないほど、俺たちの絆はぶっといものになっているはずだ。

さっきの喧嘩くらいで断ち切られるものなどでは決してない。

勇七は、しがない中間などと口にしたが、本心ではそんなことを思っていないはずだ。ふと口にしてしまったにすぎないのだろう。

明日さっそく謝ろう、と文之介は思った。

九

「追って知らせる」

そういわれた原田甚内は屋敷を出て、道を歩きはじめた。

すでに闇があたりを覆っている。どこからか秋の虫の音がきこえている。風もだいぶ涼しくなってきていた。

甚内は提灯を手にしているが、闇の深さは底知れないものがあり、殺害した十五名の霊が眼前に立ちはだかっているような気がして、足がひどく重かった。

立ちはだかっているのではないな、と甚内は思った。足にしがみついているのだ。

それも仕方なかった。そういう殺し方をした。うらみつらみもない者を、殺し尽くした。うらみつらみどころか、うまい飯を食べさせてもらったり、上等の寝具を与えてもらったり、さんざん世話になった。

たたられないほうがおかしい。

甚内は、さっき会ったばかりの男を思いだした。追って知らせる。その言葉には冷たさが感じられた。

おもしろくない。仕事を依頼してきたときのていねいさは、どこかに置き忘れたかのように一切なかった。

もっとも、と思った。あれはしきりに勧めてきた酒を断ったから、というのもあるかもしれない。

酒はきらいではないが、そんなには飲めない。ああいう場で飲みすぎて、醜態《しゅうたい》をさらしたくない。

しかし酒を断ってから、途端《とたん》にあの男の目は冷たくなった。

斬ろうと思えば即座に斬れる老侍にすぎない。立ち居《たい》振る舞《ふま》いからして、若い頃は相当鳴らしたのは確かだろうが、今の俺に敵するはずもない。

「昔、厳しい稽古をした道場をなつかしくてたまたま訪れたら、おぬしに会えた。これは天佑《てんゆう》だろう」

そういって、あの老侍は仕事を依頼してきたのだ。し遂げれば仕官させよう、と。

甚内にとって、その日暮らしをやめられる喜びは大きかった。仕官を夢見て一生を終えた父の遺言もかなえられる。

だからこそ、片桐屋を皆殺しにできたのだ。

命にしたがうのが侍だ。侍という生き物は、上から命じられたことを忠実にこなす者だろう。

俺は正しいことをしたのだ。だから、恥じることなどない。

だが、足の重さに変わりはない。

道は武家町に入った。人けがさらになくなり、静寂と闇が行く手にずっしりと沈んでいる。

いきなり背後から土を蹴るような足音が響いてきた。

甚内は殺気を覚えた。数名の影に囲まれる。

五名だ。

いずれもすでに抜刀《ばっとう》しており、甚内の提灯の明かりが刀身に映っている。提灯はほのかな光を放っているにすぎないのに、刀身に映る提灯は五名の心のうちをあらわしているのか、ぎらついていた。

五名の男は覆面をかぶり、その上に白い鉢巻をしている。股立《ももだ》ちを取り、襷がけもしていた。

甚内は腰を落とし、鯉口《こいぐち》を切った。うしろにまわられないよう、武家屋敷の塀を背に負う。

「なに用かな」

目の前に立った男が無言の気合を闇にほとばしらせて、斬りかかってきた。

「問答無用かい」

甚内は横に動いて、斬撃《ざんげき》をかわした。がら空きの胴に向かって、引き抜いた刀を振り抜こうとしたが、右手にいた侍が袈裟《けさ》斬りを見舞ってきたことで、そちらに刀を向けざるを得なかった。

しかし、腕はいずれもあまりたいしたことはない。それがわかって、甚内は安堵の息をひそかについた。

いかにおのれに自信を持っているとしても、遣《つか》い手《て》五名を相手にしては生き残れる度合は三割もない。

だがこの程度の相手なら、よほどのしくじりがない限り、殺《や》られはしない。

甚内は五人の顔に順繰りに目を当てた。

「誰に頼まれた」

しかし五名は刀を正眼に構えたまま、なにもいわない。

「いわれずとも想像はつくがな」

口封じだ。五人に命じたのはさっき会ったばかりの老侍だ。しきりに酒を飲まそうとしていたのは、こういうわけだったのだ。

たわけた真似を、と甚内は思った。こんなことをせずとも、俺が白状するわけがないのに。人を見る目がないやつだ。

そんな男に仕官を約束されて、いわれるままに片桐屋の者を皆殺しにした自分が哀れに思えた。

「きさまら、容赦《ようしゃ》はせんぞ。覚悟しろ」

甚内はいい放った。侍たちが動揺を見せることはなかった。

「全員、あの世に送ってやる。命じられるままに俺を襲ったことを、後悔させてやる」

黙れ、といわんばかりに左側に位置する侍が鋭く踏みだしてきた。袈裟斬りを浴びせてくる。

甚内は刀で打ち返し、胴を薙《な》いだ。かわされた。

まんなかの侍が代わって前に出た。甚内は逆胴に振られた刀を受けとめ、腰に力を入れて侍を押し返した。

侍の足が地面を滑る。押し返そうとしてきたところを甚内は横にずれた。

侍がわずかに体勢を崩す。そこを見逃さず、刀を振りおろした。

あまり手応えはなかった。だが、斬ったという感触は腕に残った。

侍の左の肩先から胸にかけて、着物が押しひらかれたようになり、血が噴きだした。

侍がものいわず、地面に倒れ伏した。ぴくりともしない。

おのれっ。はじめて声をだして、侍が上段から刀を落としてきた。

怒りに目がくらんで、あまりに大ぶりになっている。甚内は楽々とかわし、袈裟に斬り下げた。

また着物がぱっくりとひらいた。血がだらだらと流れだし、あっという間に着物をちがう色に染めた。

侍は足を横に払われでもしたかのように、体をねじって顔から倒れこんだ。

自らのすさまじい技に見とれたわけではないが、甚内は一瞬、ぼうっとした。

侍が踏みだしてきたのに気づくのがおくれた。刀をあげていては間に合わず、甚内はうしろに下がった。

だが侍の刀は意外なのびを見せて、甚内の袴《はかま》を切り裂いた。甚内は膝《ひざ》のあたりに痛みを感じた。

きさまっ。甚内は怒号し、侍の前に飛びこんだ。侍が刀をあわてて振りおろしてくる。

甚内はかいくぐって刀を胴に払った。

侍が横にはねるように避けたために、左腕を傷つけただけだった。

しかし痛みは相当のものらしく、侍の覆面がゆがんだ。左腕からぼたぼたと血のしずくが垂れてくる。

残りの二人が甚内の両側に位置し、そこから同時に斬りかかってきた。

甚内は右側の侍のほうがわずかにはやく出たのを察し、その侍の斬撃をよけ、袈裟に刀を振るった。

手応えはほとんどなかったが、これも侍の左肩を薄く切り裂いたようだ。

もう一人の侍に向き直り、刃をまじえた。この男は少しは遣える。

しかし、と刀を振りながら甚内は思った。こいつらも哀れなやつらだ。使いを頼まれた子供のように、上からの命を嬉々として受けているのだろう。

唐突《とうとつ》に、仕官などというものがとてつもなくつまらなく思えてきた。

憤怒《ふんぬ》が脳天を突き抜ける。そんなつまらぬことで、たくさんの人の命を奪ってしまった。

今さら気づくなどおそすぎて、後悔してもはじまらないが、できることならときを戻したい。

最後の侍には胴払いのあと、袈裟斬りを浴びせ、かすかに体勢を崩したところに突きを入れた。

その突きが侍の左肩を貫いた。激痛に侍が頭巾《ずきん》越しに顔をゆがめたのがわかった。

「引けっ」

その侍が低く叫ぶ。傷を負った二人がその侍に寄り添うようにした。

三人は一団となって走りだした。

甚内は追おうとしたが、走れなかった。膝の痛みが激しくなっている。

くそっ。毒づいて、闇に消えてゆく三名を見送るしかなかった。


「戻ってまいりました」

襖越しにきこえる声が暗い。

村上采女《むらかみうねめ》は眉をひそめた。しくじったのか。

「連れてこい」

はっ、と宿直《とのい》の家臣が答え、廊下を走り去ってゆく。

じりじりしながら脇息《きようそく》に身をもたれかけさせていると静かな足音がきこえ、廊下にひざまずいた気配がした。

「まいりました」

宿直の家臣が声を発する。

「入れ」

宿直の手で襖があけられ、三人の家臣が互いを支え合うように座敷によろよろと足を踏み入れる。采女の前に平伏した。

三人とも傷を負っている。

「中田《なかた》、川口《かわぐち》の二人はどうした」

采女は語気鋭くただした。

「殺られました」

「なに」

采女は目を細めた。

「やつは屠《ほふ》ったか」

「いえ」

「逃がしたのか」

「はい、申しわけございません。やつは人と思えぬほど強く――」

「いいわけはよい」

「はっ」

采女は奥歯を嚙み締めた。

「二人の死骸はどうした」

三名がはっとする。

「……そのままです」

「なんだと」

采女は片膝を立て、三人を見おろした。

「死んだ仲間を見捨て、むざむざと逃げ帰ったのか」

三人がうなだれる。

まずいな、と采女は思った。息絶えた二人は今も路上に横たわっているのだろう。このまま放っておけば、すぐに大ごとになる。今から二人の死骸を運んでこられるだろうか。

いや、無理だ。原田甚内がこのあたりをうろついているに決まっている。

采女は腕を組んだ。

仕方あるまい。ここは夜明けを待つしか、手はなさそうだ。

第三章　稲荷寿司の味

一

文之介は米を研いだ。

朝餉の支度は丈右衛門と交代でやっているのだが、今朝は文之介の番だ。

「面倒くせえな。やっぱりはやいところ、嫁をもらわなきゃ駄目だな」

文之介は米をがしゃがしゃと力まかせにかきまぜた。

「お春に会いてえなあ」

本当に。もうずっと会っていない。今、なにをしているのだろう。

文之介は面影《おもかげ》を思い浮かべた。

大きな黒い目がまずなんといってもいい。聡明《そうめい》さを感じさせる。色白で額が広く、やや
つり気味の太い眉がのっている。気が強いのは確かだが、そこにも文之介は惚れてい

る。

俺みたいな男には、あのくらいちゃきちゃきしている女がちょうどいいんだろうぜ。

文之介は研ぎあがった米を釜《かま》に移した。ここですぐに火をつけるわけにはいかない。米を水にひたさなければならない。

およそ四半刻は水につけておかないとならないから、そのあいだに味噌汁をつくろうと干しわかめを戸棚《とだな》から取りだした。

文之介は耳を澄《す》ませた。今、誰か呼ばなかったか。

父上だろうか。いや、まだ寝ているような気がする。

「旦那、いますかい」

勇七だ、と文之介は思った。手をふいて玄関に向かう。式台から下におり、玄関の戸をあけた。あいつ、謝りにでも来たのだろうか。

勇七が、低い朝日を背後から浴びて立っていた。

「おはようございます。旦那、朝はやくからすみません。殺しです」

「なんだと」

文之介は、自分の血相が変わったのがわかった。

「場所は。いや、いい。すぐに着替えてくるから待っててくれ」

昨日の今日だけに気まずいかと思っていたが、そんなことはない。

文之介は着替え終え、腰に長脇差を差して廊下に出た。

「どうした」

障子があき、丈右衛門が顔を見せた。

「殺しだと勇七がいったようだが」

「まだなにも。これからです」

「そうか。気をつけて行ってこい」

「行ってまいります」

台所のことを丈右衛門に頼んで、文之介は玄関を出た。勇七は門のところで待っていた。

「待たせた」

「いえ。では、行きますか」

「勇七、走ろう」

はい、といって勇七が駆けだす。文之介はその背中を追いはじめた。

「場所はどこだ」

「愛宕下《あたごした》通《どおり》のほうだと」

文之介は場所を思い浮かべた。

「あのあたりは武家屋敷だらけじゃねえか」

「そうですね。殺されたのも武家らしいですよ」

「えっ、そうなのか。身元は知れたのか」

「わかりませんが、まだじゃないかって気がします。死骸は二つだそうですが、見つかったばかりらしいですから」

そうか、殺されたのは二人なのか、と文之介は思った。

そこからしばらく二人は無言で走った。文之介は昨日のことを謝ろうとした。

「旦那、すみませんでした」

勇七が走りながら頭を下げた。

「あんなことをいっちゃあ、旦那が怒るのも無理はありません」

「いや、俺もいいすぎた。すまなかったな、勇七」

「いいえ、旦那が謝ることはありゃしませんよ。それにあのとき謝ったのは旦那ですから、今度は自分の番ですし」

あのとき、と文之介は思ったが、勇七がいつのことをいっているのか、すぐにわかった。手習所の一件をいっているのだ。

「でも旦那、あっしは今の仕事に誇りを持っています。もう二度と、しがない、なんていいやしませんから」

「そうか。それなら勇七、わだかまりなしで仕事ができるな」

勇七がにこっとする。

「当たり前ですよ。旦那とあっしの仲はあんなことで駄目になんかなりゃしません」

変わりゃしねえな、と文之介はうれしかった。昔から仲直りは本当にはやかった。お互いのことを認め合っているからだろう。

愛宕下通に着いた。多くの野次馬にそれを制している小者たちがいて、場所はすぐに知れた。

このあたりは文之介の縄張ではないが、一番最初に着いたのは文之介たちで、ほかの同心や中間の姿はなかった。

この近くを縄張としている岡《おか》っ引《ぴき》が出張ってきており、文之介に、お疲れさまです、と頭を下げた。

「おう、甚五郎《じんごろう》、久しぶりだな」

甚五郎が顔のしわを深めて、にやっと笑った。

「御牧の旦那は、いい方がご隠居に本当に似てきましたねえ」

「そうか」

「ほめ言葉ですが、うれしくありやせんか」

「うれしいさ」

「こちらですよ」

甚五郎が死骸を指し示した。

文之介はひざまずいた。

勇七がいったように、二人の侍が横たわっていた。二人とも覆面をかぶっており、さらに鉢巻をしている。

二人とも袈裟に斬られていた。おびただしい血が地面に流れ、その上を蠅《はえ》がぶんぶん飛んでいるのがうっとうしい。

文之介は蠅を追い払ったが、すぐにまた戻ってきた。強烈な鉄気くささが鼻をつく。

「遣い手だな」

傷跡を見て文之介はいった。

「ええ、そのようですね」

甚五郎が同意する。

「地面にたくさん足跡が残っているな」

「ええ、相当激しく争ったようですね」

「遣い手とこの二人かな」

「足跡からして、もっといるようにも思えますがね」

「その通りだな。どうやら、あと三人くらいはいそうだ」

「五対一くらいですかね」

「そうだろうとは思うけどな。今のところ、断定のしようがねえ」

文之介は死者に眼差しを移した。

「ふむ、身なりはちゃんとしているな。しかも股立ちを取り、襷がけまでしている」

「まるで捕物ですね。まさかこの二人、番所の方ってことはありませんよね」

「覆面をしているからな。捕り手なら、顔を隠すことはねえだろう」

文之介は間を置いた。

「この二人は返り討《う》ちにされたんだな」

「この覆面は闇討ちを狙ったということを意味しているんでしょうね。しかし腕がちがいすぎて、ということですかい」

「そうだろう」

文之介は死者の覆面の顔を見つめた。二人とも目だけしか見えていないが、大きく見ひらいている。

歳はまだ若いように見えた。文之介や勇七並みとはいかないまでも、まだ三十には間があるようだ。

「勤番侍かな。それとも在府の者か」

「あるいは旗本《はたもと》の家中ですね」

このあたりはとにかく武家屋敷だらけだ。

「御牧の旦那、なにから調べたらよろしいんですかい」

「甚五郎、おまえは鹿戸さんに手札《てふだ》をもらっているんだよな。だったら、鹿戸さんにうかがいを立ててくれ」

「わかりました。そうします」

甚五郎は、まだ来ない吾市を迎えるために野次馬のほうに姿を消した。

文之介は立ちあがった。

「旦那、本当になにから調べます」

眉根を寄せて勇七がきく。

「見たところ、この仏さんたちは殺されてからかなりのときがたっている。紹徳《しょうとく》さんの検死を待たなければいけねえんだろうけど、おそらく死んでから三刻以上は確実に経過しているはずだ。この場で侍たちが刀を抜いて争ったのは夜だな」

文之介はまわりを見渡した。

「この一件を目にした者を捜したいところだが、その望みは薄いな。夜ともなれば、まったく人けがねえだろう」

近くには辻《つじ》番所もない。

「勇七、今はとにかくこの二人の身元調べに精だすしかねえな」

文之介はふと気配を感じて、そちらに目を向けた。

又兵衛が小者を連れて、やってきたところだった。

二

死者の検分をした又兵衛は、二つの遺骸をとりあえず桜田備前町《さくらだびぜんちょう》の自身番に運ばせた。

その場で文之介の推測をきき、なにから調べてゆくかというのもきいた。先の片桐屋の一件も合わせて、がんばってくれ、と励ましてから又兵衛は奉行所に引きあげた。

「桑木さま、来客にございます」

用部屋に落ち着いてすぐに、又兵衛づきの小者が襖越しに声をかけてきた。

「どなたかな」

小者が答える。

「あいている客間にお通ししてくれ」

又兵衛はさっきの事件のことを思いだした。

この客は二人の侍の死に関係があるのだろうか。

又兵衛は湯飲みを手にし、ことさらゆっくりと茶を飲んだ。空《から》にして立ちあがり、襖をあけた。

客間に行くと、一人の侍が正座していた。又兵衛を見て、頭を下げる。又兵衛もお辞儀して、客の向かいに正座した。

「お待たせしました」

「いえ、こちらこそお忙しいなか、唐突《とうとつ》にお邪魔して申しわけござらぬ」

「茶が出ていませんな。もらいましょう」

「いえ、みどもはけっこうにござる」

「それがしが飲みたいのですよ」

客がにやりと笑う。

「だいぶお飲みになったのでは」

まさか見ていたのか、と又兵衛はいぶかった。いや、そんなことがあるはずがない。

目の前に座っているのは、脇坂家の江戸家老で、村上采女という男だ。歳はきいたことはないが、五十をいくつか超えているだろう。

ちょうど丈右衛門と同じくらいだと思うが、丈右衛門のほうがはるかに若々しい。

采女はよく鍛えられたのがわかる体をしているが、細い目が常に細められていて、じっと観察されている気になるのだ。顔全体も脂《あぶら》気《け》が多く、彫《ほ》りこまれたような薄い頰と合わせ、どこか油断ならない雰囲気を醸《かも》しだしている。

「今日はなにか」

又兵衛はとぼけてきいた。

采女が口許をゆがませるように笑った。

「もう見当がおつきなのでは」

又兵衛は首をひねった。

「いえ、つきませぬ」

「相変わらずおとぼけが上手《じょうず》ですな。今朝、見つかった二つの遺骸のことです」

「確かに見つかりましたが、それがなにか」

「遺骸はみどもの家臣です」

これには驚いた。

「まことですか」

「嘘は申しませぬ」

「二人が誰に殺されたか、心当たりはおありですか」

「あの二人、誰に殺されたということもありませぬ」

又兵衛は軽くにらみつけた。

「どういうことですかな」

「そんな怖い目をなさらずに」

采女がいなすようにいう。

「二人は私闘で死んだのです。相討ちだったのですよ」

「村上どの、本気でおっしゃっているのですか」

「むろん」

采女が深くうなずいた。

「あの二人は日頃から仲が悪かった。それであの場でやり合うことになったのです」

「二人とも覆面をつけてですか」

采女が薄い笑みを見せた。

「お互い闇討ちの機会を狙っていたにすぎませぬ」

「二人が亡くなっていた場には、多くの足跡が残されていました。あれは二人で争った跡ではありませんよ」

「昼間、血の気《け》の多い町人が喧嘩したのでしょう」

「そういう場所でたまたま二人が刀を抜いてやり合ったと」

「それ以外考えられませぬ」

「しかし、二人の刀には血糊《ちのり》は残されていなかった。これはどう説明されるのです」

さすがに采女がつまった顔になる。すばやく体を動かして畳に両手をそろえ、頭を深々と下げた。

「ということゆえ、二人の遺骸を引き取らせていただきたい」

「顔をおあげになってください」

又兵衛は静かな口調でいった。

「村上どの、脇坂家で今、いったいなにが起きているのです」

「それはお話しできませぬ」

いい方は真摯《しんし》だが、町奉行所の関知するところではない、と冷たくいわれたような気がした。

ここは仕方ない。死骸の引き取りを認めるしかなかった。

死骸が置かれている自身番の者たちも、引き取られることがわかればきっとほっとするだろう。


「いるか」

玄関先でそんな声がした。

あれは、と思って丈右衛門が玄関に行くと、又兵衛が立っていた。小者はどうやら門のところに待たせているようだ。

「どうした、なにかあったのか」

丈右衛門は遠慮のない口をきいた。公《おおやけ》の場ではていねいな口調を遣うが、二人でいるときなどは砕けた言葉になる。

上司だったが、前から友人のような関係だ。丈右衛門が隠居した今は、友人以外のなにものでもない。

「いてくれたか。相変わらず探索に力を入れているのかと思ったが」

「今日は休んでいるんだ」

「どうして」

丈右衛門は少し頭をかいてから答えた。

「ちょっと疲れた」

ほう、と又兵衛が驚きの声をだす。

「歳か」

「かもな。立ち話もなんだ、あがってくれ」

丈右衛門は又兵衛を居間に導いた。

「茶でいいか。それとも酒にするか」

「酒といいたいところだが、これでもまだ仕事中なんでな、茶を頼む」

丈右衛門は台所で湯をわかし、手際よく茶をいれた。盆に二つの湯飲みをのせて、居間に持ってゆく。

「待たせた」

「いや」

又兵衛がさっそく茶をすする。

「ほう、なかなかいい茶葉をつかっているではないか」

「安い茶さ。おまえさんの舌が安あがりなんだ」

「そうかな。そうだとしても、それは悪いことではなかろう」

「まあな」

又兵衛が湯飲みを置き、背筋をただした。

「意見をききたい」

丈右衛門は又兵衛を見つめた。

「文之介には」

「まだだ。あいつは仕事中だからな」

「先に文之介にいわずともいいのか」

又兵衛はほとんど考えることはなかった。

「ここは勘弁してもらうしかないな」

「わかった。きこう」

「今朝、勇七が来ただろう」

「ああ、人が殺されたということだった」

「愛宕下通で二人の侍の死骸が見つかった」

「あのあたりが武家屋敷だらけというのは知っているだろう。身元捜しにはときがかかるかと思ったが、案に相違してすぐに知れた」

「侍だったのか」

「脇坂家の家中か」

「ほう、さすがだな。だが半分当たりだ」

半分、と丈右衛門は思った。

「陪臣《ばいしん》か」

「そうだ。江戸家老の家臣とのことだ」

脇坂家の江戸家老が誰か、丈右衛門は知らない。

「江戸家老は村上采女どのという。その村上どのが先ほど奉行所にあらわれた」

どういう話だったか、又兵衛が説明する。

「それで、おまえさんは遺骸の引き取りを認めたんだな」

「はねつけられるだけのわけもない」

「おまえさんは、なにより脇坂家の代々頼みだ」

「確かに金子はもらっているが、それで手心を加えようという気はないぞ」

「わかっているさ」

丈右衛門は本心からいった。

「かたじけない。――それでおぬしにききたいのは、脇坂家でいったいどういうことが起きているか、推量してほしいのだ」

又兵衛が顔をのぞきこんでくる。

「おぬしのことだから、これまでだっていろいろと考えたんだろう。さっき疲れたといったが、あれは歩き疲れたわけではなく、考え疲れと見たが、どうだ」

丈右衛門は苦笑するしかなかった。

「その通りだ。足腰も衰《おとろ》えてきたのはまちがいないが、それ以上に頭の衰えだな。現役だった頃にくらべ、精神を統一できる間が明らかに短くなった」

「それは現役のわしも同じだ」

「それなら、じきおまえさんも隠居だな」

「脅かさんでくれ」

「脅かしているわけじゃない。だからわしは隠居して正しかったと、今では思っている」

「そうか」

又兵衛の顔に、一瞬、寂しげな色がよぎった。

「そんな顔、しなさんな。おまえさんなら大丈夫だよ。それに隠居されたら、文之介たちも困るだろう」

「代わりはいくらでもいるさ」

「そんなことはない。でもおまえさん、夢があるんだよな。隠居したら、その夢をかなえるつもりじゃないのか」

又兵衛が首をひねる。

「まだ無理だな」

「わしの見るところ、どうやら相当金がかかることのようだな。いったいなんなんだ。吐いちまえよ」

「いや……」

又兵衛がうつむく。やがて決心をつけたように顔をあげた。

「誰にもいうな」

「おっ、話してくれるのか」

「おぬしにはな」

丈右衛門は黙って待った。

「千石船《せんごくぶね》を所有することだ」

丈右衛門は目をみはった。

「それはまた……買う気なのか」

「そうだ」

「千石船っていくらするんだ」

少なくとも丈右衛門は知らない。

「わしも詳しくは調べたことはないんだが、数千両はするだろう」

「そのくらいならもう貯まっただろう」

又兵衛が顔を紅潮させる。

「たわけたことを申すな」

「おぬし、蓄財に励んでいると思ったが、そうでもなかったか」

「励んではいるが、数千両は無理だ」

丈右衛門はまじめな表情に戻った。

「千石船を買ってどうするんだ。商売でもするのか」

又兵衛が照れたように畳に目を落とす。

「千石船で江戸の物産を諸国に売りたいという思いもあるが、それ以上にいろいろなところに行ってみたいという気持ちが強い。わしは江戸を離れたことがないゆえな」

「それはわしも同じよ。買ったら、乗せてくれるか」

又兵衛が顔を輝かせた。

「おぬしが一緒についてきてくれるのだったら、商売もうまくいこう。ありがたい話よ」

「わしに商才はないぞ」

「あるさ」

又兵衛が咳払いする。

「話がずれたな。丈右衛門、脇坂家の件だが、どういうことだと思う」

「代替わりがあったそうだから、御家《おいえ》騒動絡みだろうな」

「続けてくれ」

「新しい殿さまはまだ十七歳で、家中をまとめる力はない。政《まつりごと》などなにも知らん。代替わりに乗じての派閥争いだ」

「それはわかるが、片桐屋の皆殺しはどう絡んでくる」

「それだが」

丈右衛門は一晩中、そのことを考えていた。

「片桐屋は派閥争いの一方の金蔓《かねづる》になっていたのではないか」

又兵衛が膝をはたく。

「そうか。片桐屋から一方へ大金が流れこんでいたのだな。今はなんでも金次第だからな。その源《みなもと》を絶つために、もう一方が皆殺しにしたのか」

「二度と片桐屋が立ちあがれないようにするために、徹底して潰《つぶ》したんだ」

片桐屋を皆殺しにしたのは原田甚内。二人の侍が昨夜死んだのは、その口封じをしようとして、返り討ちにされた。

「殺された二人が村上采女どのの家臣であるのはまちがいなかろう。つまり村上どのが原田甚内を使嗾《しそう》し、片桐屋を皆殺しにさせたということか」

「国元での争いに、江戸の上屋敷も無関係ではいられなかったということだろうな。おまえさん、片桐屋のあるじ史左衛門の父親が、江戸に出てきた際、誰かの援助を受けた節があるのはわかっているな」

「その縁で史左衛門は国元の重臣に金を流していた、というのか」

なるほど、といわんばかりに又兵衛が深くうなずく。

「そう考えると、すべての辻褄が合うな」

三

二人の死者の身元調べといっても、武家のことだから、なかなか判明しない。

愛宕下通近辺の武家屋敷に出入りしている商人たちに話をきいても、首を振るばかりだった。

「なあ、勇七」

「なんです」

「二人の殺された侍、脇坂家とは関係ねえのかな」

「旦那は関係あると」

「あくまでも勘だが」

「いわれてみれば、そうかもしれないって気になってきました」

「勇七、脇坂家の上屋敷に行ってみねえか。ここからすぐだし」

文之介と勇七は向かいかけた。

そこに、奉行所からの使者がやってきた。又兵衛が呼んでいるとのことだ。

文之介は勇七をうながして奉行所に戻った。

「おう、来たか」

大門に勇七を残して文之介が用部屋に行くと、又兵衛がいった。

「座れ」

文之介は又兵衛の前に正座した。

「二人の死者の身元が判明した」

「脇坂家の家中では」

又兵衛がにやっとする。

「半分当たりだ」

半分、と文之介は思った。

「では陪臣ですか」

「そうだ。脇坂家の江戸家老村上采女どのの家臣だ。しかし文之介、頭のめぐりも丈右衛門並みになってきたな」

「父上に会われたのですか」

「さっきな。おまえより先に意見をききに行ったんだ。頭にくるか」

文之介はかぶりを振った。

「父上は一所懸命にやってくれています。今回に限り、腹は立ちません」

「今回に限りか」

又兵衛が苦笑を漏らす。すぐに丈右衛門がなにを話したか、語りだした。

「なるほど、片桐屋から金が出ていた……」

きき終えて文之介はつぶやいた。

「これで、どうして片桐屋が皆殺しの目に遭わなければならなかったか、説明はつく。誰が原田甚内に命じたかも」

江戸家老の村上采女であると、又兵衛はいっている。

「村上どのは、原田甚内の居どころを知っているでしょうか」

「どうかな。口封じを狙ったくらいだ、村上どのの手の届かぬ場所に甚内は居を移したにちがいない」

とにかく片桐屋が皆殺しにされなければならない背景は、わかった。これをもとにして、さらに前に進まなければならない。

「甚内をとらえたとして、使嗾した村上どのはどうなりますか」

「うむ、それがむずかしいな。こちらとしては、お奉行よりご老中に知らせてもらうしかほかに手はないだろう」

「ご老中から脇坂家に、村上どのの処置を迫るということですね。脇坂家は素直に応じますか」

「家中の派閥争いに決着がつき、江戸家老側が敗れれば、すんなりと上屋敷にて切腹ということになろう」

「逆になれば」

「国元に帰し、ときがすぎるのをひたすら待つ、ということになろうか」

「さようですか」

「文之介、暗い顔になるな」

又兵衛が元気づけてくる。

「片桐屋を皆殺しにしたのだって、江戸家老側の敗色が濃いからだろう。悪あがきにすぎんとわしは思う。いつも必ず正義が勝つとはいえんが、今回ばかりは正義が勝つとわしは考えておる」

文之介は勇七を連れて、二人の侍が死んでいた愛宕下通に戻った。

すでに夕暮れがあたりを包みこもうとしている。

「旦那、どうしてここに来たんですかい」

「いや、なにか感じることがあるんじゃねえかと思ってさ」

「感じますかい」

文之介は苦い顔をした。

「なにも感じねえや」

「旦那、ちがいますよ」

「なにがだ」

「旦那は、今もなにか見えているんですよ。それがなにかまで、まだはっきり見えていないんでしょうけど。それがなにかわかる場所としてここを選んだ。だから、しばらくこのあたりをうろついてみましょう。それできっと、そのなにかが見えてくるにちがいありませんや」

文之介はその言葉にしたがうことにした。ただ、すぐにはその場を離れず、しばらく二人の侍が倒れていたところを見ていた。

武家屋敷町といっても、やはりそれなりの人通りがあるのは確かで、争闘の跡は薄れはじめている。

これに引っかかっているのだろうか。どうもこの争闘の跡が気になるのは確かだ。なんだろう。文之介はじっくりと見た。

原田甚内の口封じをしようとした村上采女の家臣は、ここに五人ほどいた、というのはまずまちがいなかろう。そのことが気にかかっているのだろうか。

だいぶ暗くなってきた。

「よし勇七、ちょっとぶらついてみようぜ」

文之介は勇七を連れて歩きだした。

愛宕下通から、佐久間小路《さくまこうじ》と呼ばれる道に入る。

桜田備前町と桜田鍛冶町《かじちょう》のあいだの辻に、夜鳴き蕎麦《そば》屋が出ていた。親父が一人でやっているようだ。昼間のききこみではまず会うことのできない相手だ。

文之介はさっそく話をきいた。

「昨夜ですかい。なにか変わったこと、そうですねえ」

親父が人のよげな顔をかしげる。

「ああ、そういえば、四つ前くらいでしたか、三人のお侍がもつれるようにして走り去るのを見ましたね。昨夜、なにか変わったところといえばそれくらいですかね」

「その三人の人相を覚えているか」

「提灯を持っていなかったんであまりよくは見えなかったんですけど、袴をたくしあげて、ごていねいに襷がけをしているようにも見えました」

「まちがいないな」

「ええ、まちがいありませんよ。なにか三人ともよたよたした感じでしたし、怪我でもしていたように思えましたね」

かたじけない、と礼をいって文之介は夜鳴き蕎麦の屋台を離れた。

「その三人は、紛れもなく甚内を襲った生き残りですね」

「甚内は二人を殺しただけでなく、三人に怪我を負わせたんだ」

「でも旦那、だったら甚内がその三人を殺さなかったのはどうしてなんですかね」

「勇七、そいつだ」

文之介は気づいた。

「甚内も手傷を負っているんじゃないか。遣い手ということで、俺たちは甚内が無傷でいるような気持ちになっちまっていたけど、村上采女もそれなりに遣い手をもって口封じをしようとしたはずなんだ。しかも五人がかりだ」

五人合わせても実力のひらきが埋めようもないものであれば、無傷で切り抜けられるかもしれないが、そこそこの手練《てだれ》五人が相手なら傷を負っても不思議はないだろう。

「となると旦那――」

「医者を調べねえとな」

翌日、早朝から文之介と勇七は医者を調べだした。

愛宕下通の近くの医者からはじめた。

意外にすぐに見つかった。芝口新町《しんまち》の医者で、徳門《とくもん》といった。本道が主だが、外科もこなすとのことだ。

「河上道場というのがあるんですけど、そこで膝に切り傷を負った浪人を診《み》ましたよ」

河上道場だと、と文之介は思った。きき覚えがある。勇七に確かめた。

「あっしも覚えがありますよ。あれは木挽町七丁目にある剣術道場じゃないですかね」

「ええ、そうですよ」

徳門がうなずく。

「河上道場は木挽町七丁目にあります。剣術道場だけに生傷《なまきず》は絶えないんですけどね、今回のは明らかに刃物傷でしたね」

「どうしてそんな傷を負ったか、わけはきいたか」

「もちろんききましたよ。真剣で素振りをしていて誤ってやってしまった、といっていました」

「重い傷か」

「軽かったですよ。でも、一日は安静にしていたほうがいいでしょうね」

「その浪人だが、左腕に怪我はなかったか」

「どうでしたかね、気づきませんでしたが」

文之介は徳門の家を出た。今日はずいぶんと暑く、日が暮れてからもむしむししている。

汐留橋《しおどめばし》を渡るとき三十間堀《さんじつけんぼり》に目を向けたら、荷船だけでなく、夕涼みらしい舟が何艘《そう》も出ていた。

河上道場に甚内がいるとすれば、と文之介はほぞを噛んだ。この前、訪れたときもやつは身をひそめていたのではないか。

四

「甚内のやつ、今もいるんですかね」

「どうかな」

町屋の塀の陰に隠れている文之介は、うしろの勇七に首を振ってみせた。

「原田甚内ってのは、俺たちが医者を当たるっていうのをさとるだけの知恵がありそうだ。とっくに尻《けつ》をまくって逃げだしているんじゃねえのかな。できれば道場の中をひそかに調べてえところだが、それだけのときはなさそうだな」

「旦那の勘ではどうなんですかい。やつはいそうですかい」

文之介は耳の穴を軽くかいた。

「どうしてか、いるような気がしてならねえんだ」

「それじゃあ、いますよ」

「俺もそう願っているさ」

文之介はあたりを見まわした。

すでに、近くには三十名ほどの捕り手が集まってきている。指揮を執《と》るのは又兵衛だ。

「旦那、大丈夫ですかね」

勇七がささやく。

「そうと信じてえが」

文之介の脳裏には、押しこみの権埜助たちをとらえようとして、嘉三郎に飛びこまれたときの捕り手たちのあわてふためきぶりが描きだされた。

勇七はまたあれと同じ光景が繰り返されるのではないか、と危惧《きぐ》しているのだ。それは文之介も同じだった。

もう少し捕り手たちがしっかりしてくれないと、本当に甚内に逃げられてしまう。しかも今度の相手は、とんでもない遣い手かもしれないのだ。

文之介は鎖帷子《くさりかたびら》を着こみ、股引《ももひき》をはいている。白の胴締《どうしめ》、襷、鉢巻もしている。いつでも踏みこめる態勢はととのっていた。

文之介は長脇差を引き抜き、目釘《めくぎ》を確かめた。

「十手《じって》ではなくて、そっちをつかうんですかい」

「甚内が相手じゃ、そうならざるを得ねえだろう」

「そうでしょうね」

それきり勇七が黙りこむ。

文之介も口を閉じ、又兵衛の命をひたすら待った。


そんなには待たなかった。

文之介が町屋の塀の陰に身をひそめて、せいぜい四半刻がたったにすぎない。刻限は六つ半くらいだろう。

陣笠《じんがさ》に野羽織《のばおり》姿の又兵衛が捕り手たちの前に立ち、行け、と命じた。

文之介たちは飛びだした。うしろを六名の小者がついてくる。

できれば夜は避けたかったな、と文之介は思った。夜陰に紛れられる怖《おそ》れがある。

文之介たちが道場の入口にたどりつく前に、道場を出てきた影があった。

「甚内だ」

本人が出てきたのが信じられず、文之介は声にだしていた。いや、やつはこちらの気配に気づいたのではないか。

「いたぞ、とらえろ」

我に返って叫び、文之介は甚内の前に立とうとした。

しかし、ほかの捕り手たちのほうがはやかった。前回の失態を又兵衛に叱責《しっせき》され、汚名返上を狙っているかのようなすばやい動きだ。

御用《ごよう》、御用、と声があがり、龕灯《がんどう》の光が甚内に当てられる。

甚内の顔が見えた。捕り手に囲まれても、平然としている。少し右足を引きずっているのは傷の影響だろう。

捕り手たちは袖搦《そでがらみ》、突棒《つくぼう》、刺叉《さすまた》などの捕具を手にしている。それらを甚内に突きつけようとしていた。

しかしやはりへっぴり腰だ。甚内に余裕があるのはそのせいにちがいない。

「とらえよ」

又兵衛の厳しい声が飛ぶ。

その声に合わせたかのように、甚内が刀を抜いた。おう、と声をあげて捕り手たちが波が返すかのようにうしろに下がる。

「勇七、行くぞ」

文之介は捕り手たちをかきわけるようにして前に出た。すでに長脇差を抜いている。

あともう少しで文之介が甚内の真ん前に出られるというとき、気づいたように甚内がこちらを見た。闇のなか、目が合った。

おっ、と甚内の口が動く。厄介《やっかい》なのが来やがったな、といいたげな顔をつくるや、いきなり走りだした。

正面にいる捕り手に向かって、片手で刀を振りおろす。その前に捕り手たちは泡《あわ》を食って横にどいていた。

人がいないのも同然である。甚内が猛然と走り抜ける。まるで怪我など負っていないかのような軽やかな走りだ。

やはり捕り手たちは頼りにならなかった。文之介は絶望が胸をひたすのを感じた。

「旦那、はやく追いましょう」

勇七が文之介を追い越してゆく。文之介はそのあとを追った。

ほかの捕り手たちもついてくるが、明らかに及び腰だ。

文之介は、三間ほど先を行く勇七の背中だけを見た。勇七は視野に甚内をとらえているはずだ。

勇七が角を大まわりに右に曲がる。文之介も続いた。

勇七がいきなりとまり、文之介はぶつかりそうになった。

声を発したときには、どういうことかさとっていた。目の前に甚内がいたのだ。

「どうした」

「きさま、腕が立つな。いずれ邪魔になりそうだ、ここで殺してやる」

甚内が鋭く見つめているのは、文之介だ。勇七は目に入っていない。

「勇七、どけ。俺が相手になる」

「いい度胸だ」

足を踏みだした甚内が上段から刀を振りおろしてきた。

文之介はがきん、と長脇差ではねあげた。重い手応《てごた》えが伝わる。太田津兵衛の斬撃も重かったが、甚内のは丸太でも振っているかのようだ。

胴を狙われた。文之介は弾き返し、袈裟斬りを繰りだした。

しかしあっさりとよけられ、逆に袈裟斬りをもらいそうになった。甚内の踏みこみは、とにかく鋭い。

これは、文之介が手にしているのが刃引きの長脇差であるのが関係しているのだろう。やはり当たっても斬られることがない、というのがわかっているのは大きい。

しかしこの男、本当に足に怪我しているのか。

甚内はさらに攻勢に出てきた。重くてはやい斬撃が千手観音《せんじゅかんのん》でも相手にしているかのように見舞われる。

文之介は防戦に精一杯になった。鎖帷子のおかげで、よけ損ねた刀もたいした傷にならないですんだ。

文之介のしぶとさに、甚内が業《ごう》を煮やしたような顔になった。

「しつこい野郎だ。とっとと死ね」

突きがきた。

文之介はよけ、ここぞとばかりに胴に長脇差を振った。

しかしそれはよけられ、少し長脇差が流れたところを見計らい、甚内が思いきり腰を入れて刀を振りおろした。

文之介は横にはね飛んで、それをかわした。

ちっ、と甚内から舌打ちが出た。

「どこまでしぶとい野郎だ」

そのとき背後から、文之介、どこだ、という声がきこえた。吾市のようだ。

「ここです」

勇七が叫ぶ。

甚内が顔をゆがめた。

「ここまでだ」

甚内が体をひるがえした。肩に刀を置いて、走ってゆく。

「勇七、追うぞ」

「はい」

文之介は疲れきった体に鞭打《むちう》って、駆けだした。

勇七が文之介の前に出た。うしろからやってきた一つの影が文之介に並ぶ。

吾市だ。

「文之介、見てろ、俺があいつをふん縛ってやるからな」

吾市がするりと横を抜けてゆき、勇七と肩を並べて走りはじめた。

吾市がこんなに足がはやいなど、これまで知らなかった。

甚内の姿は見えている。しかし五間ほどの距離はまったく縮まらない。

文之介は体に残った力を両手で寄せるような思いで、必死に追った。昼の暑熱があたりに残っていて、ひどく暑い。海に入ったかのように汗がわきだし、体を濡らしている。

さっき通ったばかりの汐留橋を甚内が渡りだした。夕涼みの舟が川に多く出ているのは相変わらずだ。

文之介は、甚内が橋のまんなかで足をとめたのを見た。

なにをする気だと思う間もなく、身を躍《おど》らせた。

なんとっ。文之介は呆然と口をあけた。

甚内は夕涼みの舟にどんとおり立った。舟が激しく揺れ、甲高い悲鳴とともに四人が川に投げだされた。一人は幼い子供のようだ。

あっ。文之介は欄干《らんかん》に走り寄った。下を見る。

甚内が立ちあがり、櫓《ろ》を手にした。船頭のいなくなった舟を悠々《ゆうゆう》と漕《こ》いでゆく。橋を見あげ、文之介を射るような目で見たあと、櫓を握る手をはやめた。

甚内を乗せた舟は、深まってゆく夜のなかに消えていった。

くそっ。文之介は毒づいたが、こうしてはいられなかった。鎖帷子をはずし、黒羽織を脱ぎ、下帯一枚になった。

欄干を越え、川に飛びこんだ。

「どこだ」

文之介は、舟から投げだされた者たちに向かって叫んだ。

すぐにちがう水音がし、そばに大きな水柱が立った。勇七だ。

「旦那、そこに人が」

勇七の指さしたのは橋脚のあたりで、人が溺《おぼ》れている。

文之介は急いで泳いでいった。

橋脚につかまって、男がもがいている。

「大丈夫か」

しかし男にはきこえていない。

「お芽以、お瑠衣」

必死に叫んでいる。もがいているように見えたのは、着物を着たまま水に何度ももぐっているからだ。

その二つの名は最近、きいたばかりだ。

「孝蔵か」

文之介は泳ぎながら男の顔を見た。まちがいない。屋台で稲荷寿司を売っている男。

「孝蔵」

文之介は呼びかけた。

しかし、孝蔵にはきこえていない。水のなかに必死にもぐり、女房と娘を捜し続けている。

結局、助かったのは孝蔵と船頭だった。船頭は自力で岸に泳ぎ着いていた。

夜通し捜したが、お芽以とお瑠衣は見つからなかった。

五

二人の死骸は、翌朝見つかった。抱き合うようにして、三十間堀の河岸に流れ着いていたという。

その知らせを奉行所できいて、文之介は暗澹《あんたん》とするしかなかった。

「申しわけありませんでした」

文之介は用部屋で又兵衛に謝った。

「どうして謝る」

「それがしがもっとしっかりしていれば、やつをとらえることができました」

又兵衛がおもしろくなさそうに頬をふくらませた。

「それだったら、わしも同じだ。嘉三郎のときとまったく同じ失態だ。鍛え直したつもりだったが、結局は最初だけだった」

又兵衛はうつむいていたが、静かに面《おもて》をあげた。

「文之介、いいか、原田甚内を取り逃がしたのは、おまえだけの責任ではない。わしも含めた全体の責任だ。気に病むな、といってもおまえの性格だから無理だろうが、あまり考えすぎるな、いいな」

その日、お芽以とお瑠衣の葬儀が行われた。

文之介は勇七と一緒に孝蔵の家に行った。

孝蔵の家は一軒家だった。そんなに広くはないが、日当たりがよく、仲がよかったことを思いださせるようなあたたかみに満ちていた。

しかし今は、夏にもかかわらず冷え冷えとした風が吹き抜けているかのようだ。

文之介は勇七と線香をあげた。参列者たちの目が突き刺さってくる。誰も口にこそしないが、よく顔をだせたな、という顔をしているように思えた。

二人の遺骸は棺桶《かんおけ》に入れられている。

文之介は手を合わせた。必ず原田甚内をとらえ、仇《あだ》を討ちますから、と心でいうのが精一杯だった。

しかし仇を討ったところで、死んだ二人は戻ってこない。

あの路地で甚内に待ち構えられていたとき、とらえられなかったのがすべてだった。

あそこでけりをつけていれば、甚内に逃走を許すことはなかった。

逃走させなければ、お芽以とお瑠衣の二人を死なせることもなかった。

やはり俺のせいだ。

文之介たちの横に、孝蔵がいた。呆然として、魂が抜けてしまったかのような表情をしている。

抜け殻《がら》という形容が当てはまる人を、文之介ははじめて目の当たりにしたような気がしたが、これも自分のせいだった。

文之介はうなだれるしかない。

「旦那、行きましょう」

勇七が腕を取る。文之介はゆっくりと立ちあがった。

またも参列者たちの目が痛い。しかしこれは当然の報《むく》いだった。自分に力がないばかりに二人の罪のない人を巻きこみ、死なせてしまったのだから。

文之介は心許ない足取りで家を出た。陽光がやたらまぶしい。

お天道《てんとう》さまというのは残酷なものだな、と文之介はちらりと思った。あんなに悲惨なできごとがあったときくらい、気をきかせて雲に隠れていればいいのに。

「旦那、しっかりしてくださいよ」

「わかっちゃいるんだ」

「旦那は意外に責任を感ずる気持ちが強いんで、落ちこむのはわかるんですけど、二人の仇を討つしか残された道はないんですよ」

意外に、というところに引っかかったが、そのことを口にする気にもならない。

「わかっちゃいるさ」

「だったら、原田甚内をとらえることに気持ちを集めないと」

文之介は、勇七の言葉に応えるためにも、心を奮い立たせたかった。

しかし今は駄目だ。四人が舟から投げだされたときが脳裏に描きだされ、文之介はまたがっくりとうなだれた。

あのときだって、もっとはやく飛びこんでいれば助けだせたんじゃねえか。

すぐそばに寺があり、境内《けいだい》に茶店があった。団子と染め抜かれた幟《のぼり》が太陽に焼かれ、しなだれている。今の自分を見ているようだ。

客が何人か入っているようだが、光の加減で顔は影になっている。

「文之介、てめえ、なにくよくよしてやがんだ」

いきなり横合いから声が飛んできた。

驚いて見ると、吾市だった。うしろに控えている中間の砂吉が小さく頭を下げる。

「おめえ、葬儀の場でもめそめそしやがって、まったく、女みてえで見ちゃいられなかったぜ」

「鹿戸さんも葬儀に」

「はん、俺がいたのにも気づかねえなんて、文之介、おめえも焼きがまわりやがったな。ちっとはましになってきたかと思ったが、全然変わってねえや」

文之介は黙って吾市を見ているだけだ。

「おめえ、なに、うなだれてんだ。文之介、俺はな、これまで何度もへまを犯してきた。だが、いつもきっと取り返そうとがんばってきた。おまえも落ちこんでる暇があったら、さっさと働け」

その通りだなあ、と文之介はぼんやりと思った。

吾市はらんらんとした光を瞳に宿している。まるで頭上に輝く太陽のようで、必ず捕縛してやる、という執念《しゅうねん》がくっきりと見える。

「なんだ、その死んだ犬みてえな目は。全然力がねえじゃねえか。いいか、文之介、孝蔵の女房、子供を死なせちまったのは、おめえだけの責任じゃねえんだよ。俺だってあのときやつを追っていたんだ。あの野郎が舟に飛び移り、四人が川に投げだされたとき、俺はなにもできなかった。なぜなら泳げねえからだ。指をくわえておまえたちが飛びこむのを見ているしかなかったんだ」

吾市が指を突きつける。

「いいか、文之介。てめえだけの責任だなんて、生意気なこと、決して考えるんじゃねえぞ。俺はやつをとらえることで、今回のしくじりを必ず取り返してやる」

そういい捨てて、吾市が肩で風を切るように歩いていった。砂吉が会釈を一つしてから、吾市を追いかけてゆく。

「勇七」

文之介は静かに呼びかけた。声に力がこもったのが自分でもわかった。

「なんです」

勇七も文之介の声の変化を感じ取ったようで、顔が生き生きしている。

「鹿戸さんに負けちゃいられねえな」

「そうですよ。原田甚内をとらえるのは、あっしたちの役目ですよ。鹿戸の旦那に横取りなんかされてたまるもんですかい。あっしらがとらえてはじめて、亡くなった二人の供養《くよう》になるんです」

「その通りだな」

勇七の言葉にうなずいた文之介は頭を振って、しゃきっとした。

「鹿戸さんの言葉じゃねえが、俺はどうしてめそめそしていたのかと思うぜ」

文之介は右の拳をぎゅっと握り、それを天に向かって突きだした。

「勇七、原田甚内を必ずとっつかまえるぜ」

勇七が笑みを見せる。

「旦那、その意気ですよ」

六

ふふ、と笑いが出た。

吾市のやつ、やるじゃねえか。

丈右衛門は、せがれに劣らず吾市も成長しているのがわかり、うれしかった。

実際、吾市が口にした言葉は、丈右衛門が文之介にいいたかったことだ。

遠慮なくいってくれたのがなによりよかった。吾市も、場数をだてに踏んではいないということだ。

文之介がやる気さえ取り戻せば、きっと原田甚内をふん縛れる。

その図を思い描けて、丈右衛門は喜びが胸をひたすのを感じた。しかし、いつまでも笑ってはいられない。

孝蔵の妻子を殺した原田甚内を、許せない気持ちで一杯だ。

「今の人は文之介さんの先輩ですか」

さくらがきく。湯飲みを両手で包みこむように持っている。

「そうだ。いろいろとへまが多いのは確かだが、いい男に育ちつつあるな」

丈右衛門は湯飲みを傾け、一気に干した。猫舌だが、もともとそんなに茶は熱くいれてない。

信太郎はさくらの背中で安堵しきったように眠っている。口を半分あけているのが、あどけない。

さくらのその姿は母親そのもので、さくらはもう信太郎を手放せないのではないか、と思う。

さくらが茶を飲み終えた。

「よし、行くか」

丈右衛門は立ちあがり、茶店の勘定《かんじょう》をすませた。

「丈右衛門さま」

寺の山門を出たとき、さくらが呼びかけてきた。

お寺や神社の境内には入れなかったんですよね。今、こうして自由に入れるようになって、どんなご気分です」

「そんなに深い感慨《かんがい》はないけれど、うれしいのは事実だな。隠居してからしばらくは、山門や鳥居をなかなかくぐれなかった。なにしろ四十年近くそういうふうにしてきて体にしみついたものがあったし、それ以上にまだ現役だと思いたい自分がいて、くぐってしまったら本当に隠居だ、と考えていたんだ。しかし、あるとき思いきって寺の境内に入ってみたら、意外に居心地《いごこち》がよかった。それからはなんのためらいもなくなった」

さくらが見あげてきた。

「きっかけはなんだったんですか。なにかあったから、山門をくぐれたんですよね」

丈右衛門は微笑した。さくらがまぶしいものを見ているような表情になる。

「文之介が手柄《てがら》をあげたときだよ。これでわしは隠居なんだな、と強く思ったものだ。一抹《いちまつ》の寂しさもあったが、せがれが一人前の同心として歩みはじめたのがわかって、うれしさのほうが大きかった」

「文之介さまは、どんな手柄をあげたんですか」

「こそ泥《どろ》だ。文之介がとらえるまでに十軒ほどの商家が小金を盗まれていた。それをあいつが勇七と一緒に地道にききこみなどを行って、とらえたんだ。なかなか見事な働きだった」

「そうだったんですか」

さくらが丈右衛門を見てにっこりと笑う。

「丈右衛門さま、文之介さまの話をされるとき、本当に幸せそうな顔、なされますね」

「うん、わしは文之介というせがれを持って、幸せだと思っているからな」

孝蔵の家に着いた。線香のにおいが漂《ただよ》い出ている。

なかに入ると、線香は霧のように濃く、丈右衛門は一瞬、咳きこみそうになった。さくらは信太郎を気にしているが、ぐっすりと眠ったままで目を覚ましそうな気配はない。

葬儀の席では女たちが号泣《ごうきゅう》している光景をよく目にするが、誰もが泣き疲れたのか、家のなかはすすり泣きが漏れているくらいで、静かなものだった。

丈右衛門はさくらと並んで線香をあげた。無念だったろうな、と二人の遺骸を前にして思った。

原田甚内に対する怒りが腹のなかで渦巻きはじめた。

孝蔵がどうしているか気になる。どんな言葉をかけたところで力づけられるようなことになるはずもないが、なにか一言くらいいってやりたかった。

丈右衛門は顔をまわして家のなかを捜したが、孝蔵の姿はどこにもなかった。

おかしいな。丈右衛門は、どうしたんだろう、と気がかりでならない。

しかし、いないのなら仕方ない。それに、多くの人の気配を感じたのか、信太郎が目を覚ましかけている。目を覚ましたら、大声で泣きだすだろう。

「さくらちゃん、出よう」

丈右衛門とさくらは外に出た。ほぼ同時に信太郎が泣きはじめた。相変わらずのすさまじさだ。

「おむつのようです」

さくらが背中からおろした信太郎を丈右衛門は横抱きにした。はい、いい子ね、とさくらが手ばやく信太郎のおむつを替える。

信太郎がぴたりと泣きやむ。丈右衛門は、嵐が去ったような心持ちがした。

「原田甚内を捜すのですか」

すっかり機嫌がよくなり、笑いはじめた信太郎を背負い直してさくらがきく。

「そのつもりだ」

「文之介さまの力になられるんですね」

「いや、そうではない」

丈右衛門はいいきった。

「孝蔵、そして命を奪われた二人のためだ。それに片桐屋の者たちのためでもある」

二人はしばらく無言で歩いた。

「あの、こんなときなんですが、変なこときいてもいいですか」

さくらが沈黙を破っていう。

「なにかな」

「どんな人なんです」

誰のことをきいているのか、と丈右衛門は戸惑った。

「丈右衛門さまのお好きな方です」

丈右衛門はどういうふうにいえばいいのだろう、と真剣に考えた。

この娘をごまかすような真似はしたくない。真摯に話さなければならんだろうな、という気がした。

「お知佳さんというんだ」

どういう字を当てるのか、語る。

「お知佳さんですか」

さくらが胸で抱くようにそっと口にした。

「知り合ったのは、お知佳さんが娘を抱いて大川に身投げしようとしているところを知り合いが助け、わしを頼ってきたんだ。わしは二人のために長屋を用意した。それがきっかけだ」

「きれいな人なんですか」

「きれいだな。歳は二十三だ。さくらちゃんより三つ、お姉さんだな」

「意外にお若いんですね。もっと上の人かと思っていました」

「だからわしも迷った」

「歳の差を気にされたんですか」

「そうだ。文之介と同い年だからな。やはり考えぬわけにはいかなかった」

「関係ありませんよ」

さくらが断言する。

「歳の差なんて、お互いの気持ちさえしっかりしていれば乗り越えられるはずです」

さくらが見つめてきた。きらきらしている瞳は相変わらずだ。

「そういうものかな」

「そういうものです。一緒になることを決意されたきっかけがあったのですか」

「笑顔かな」

「笑顔ですか」

「この前、久しぶりに会ったんだ。そのとき笑顔を間近で見て、いつも一緒にいたいと強く願った」

「そうだったんですか。丈右衛門さまが好きになられるくらいだから、心もきれいなんでしょうね」

丈右衛門はうなずいた。

「やさしくて思いやりが感じられる人だ。もちろん、さくらちゃんもそうだけどな」

「うらやましいな」

少し湿り気を帯びた声だ。きこえないふりをするのはたやすかったが、丈右衛門は顔をさくらに向けた。

「さくらちゃんなら、きっといい男があらわれるさ」

「そうでしょうか」

「そうさ。わしが請け合う」

「丈右衛門さまがそうおっしゃってくださると、本当にそうなるような気がします」

南飯田町を出た。目の前に幅の広い水路があらわれた。その向こうは大名屋敷が建っている。

八丁堀に帰るのだったら堺橋《さかいばし》を渡ったほうがはやいが、そちらは武家屋敷ばかりの道を行くことになる。

丈右衛門は原田甚内が町地にいると考えている。こうして歩いていて見つかるはずもないが、少しでも甚内に近づけるようにと右側に架《か》かる明石橋《あかし》を選んだ。

明るい陽射《ひざ》しを浴びて鱗《うろこ》のようにきらきらしている江戸の海が間近に見える。

「あの人、飛びこもうとしているんじゃないんですか」

さくらが、明石橋のまんなかにいる男を指さす。

あれは、と丈右衛門はぎくりとした。

「孝蔵っ」

土を蹴って走りだした。

丈右衛門の声に背を押されたかのように、孝蔵が欄干を乗り越えようとする。

まずい。

丈右衛門は尻を叩かれた馬のように、足がぐんとはやくなったのがわかった。まだこんなに足がはやいなど意外だったが、火事場で大力が発揮されるのと同じことだろう。

しかしそれでも、孝蔵にはなかなか近づかなかった。ほんの五間程度の距離でしかないのに、丈右衛門はじれったくてならなかった。

孝蔵が足から飛びおりた。

「このたわけがっ」

丈右衛門は叫びざま、体を投げだすようにした。欄干に激突しそうになりながらも、思いきり腕をのばす。

指になにかが引っかかった。見ると、孝蔵の襟首《えりくび》だ。

丈右衛門は綱《あみ》を手繰《たぐ》り寄せるように指で襟首をつかんだが、孝蔵が暴れはじめた。両手両足をばたばたさせている。首が絞まりはじめているのだ。

仕方あるまい。幸い今は夏だ。風邪《かぜ》を引くようなことにはなるまい。

丈右衛門は、踏んばっていた両足から力を抜いた。孝蔵が重しになり、体がゆっくりと欄干を越えていった。

まわりの景色がぐるりとまわる。体が宙に浮いた空白があった次の瞬間、鈍い水音がし、白い泡が顔に絡みついてきた。

水に飛びこんだのはわかっていたので、あわてることはなかった。

海といっていい場所で、口に入りこんだ水が塩辛かった。目をあけていると、しみるように痛い。

丈右衛門は一度水面《みなも》に顔をだし、息を大きく吸った。これで、さくらも自分の無事を確認できるはずだ。

泳げないのか、孝蔵がもがいている。丈右衛門は静かに近づいた。

声をかける。

「孝蔵、落ち着け、わしだ」

しかし、孝蔵にはきこえていない。どうしたらいいのか自分でもわからない駄々《だだ》っ子のように、ひたすら腕や足を動かして、水をはねあげている。

丈右衛門が腕をつかもうとしても、すぐにびっくりしたように振り払ってしまう。

このままでは、と丈右衛門は思った。岸にあげるのはむずかしそうだ。

決意した丈右衛門は水にもぐり、孝蔵の背後にまわった。

背後から首に腕をかけた。ぎゃあ、と孝蔵が叫んだ。海にひそむ化け物にでも襲われたかのような悲鳴だ。

孝蔵は暴れ、丈右衛門の腕を逃れようとする。丈右衛門は孝蔵の首筋に手刀を入れた。喉の奥から潰れたような声をだし、孝蔵が気を失う。

丈右衛門はまわりを見渡した。近くに何艘もの舟がいるのに気づいた。丈右衛門たちを救おうとしてくれている。

手近の一艘を手招いた。うなずいた船頭が丈右衛門に寄ってきた。空の荷船だ。

船頭の手を借りて孝蔵を舟に乗せ、丈右衛門も船頭に腕を引いてもらった。

舟にあがったときは、ぜいぜいと荒い呼吸がおさまらなかった。着物が水を吸っているためとはいえ、体が異様に重い。

「この歳になって、こういうことをするのはきついな」

丈右衛門は首を振って、まだのびたままの孝蔵を見つめた。

七

お芽以とお瑠衣の葬儀が行われた翌日、文之介と勇七は脇坂家の江戸家老である村上采女の屋敷を張った。

采女は上屋敷内に住居を持たず、ここ木挽町築地中通《つきじなかどおり》という、築地本願寺《ほんがんじ》の真裏に屋敷を構えている。

まわりが武家屋敷だらけなので、町方が張りこむのに都合がよい場所とはいえない。幸い、村上屋敷の近くに辻番があるので、そこに頼みこんで入らせてもらった。

「どういうことを調べているんですかい」

辻番所につめているのは、六十をすぎたと思える年寄りだ。名は藤吉《とうきち》。

町方が武家町で張りこみをするなどというのはやはり珍しいようで、瞳に好奇の色が強くあらわれている。それに、人と話すこと自体に飢《う》えているようにも感じられた。

「いや、それはいえないんだ」

首を振って文之介は告げた。それで藤吉の興味を抑えることはできない。

「お二人とも、そこの村上さまの屋敷ばかり見てますね。村上さま、なにかしでかしたんですかい」

俺も甘いな、と文之介は思った。こんな年寄りに見抜かれちまうなんて。

勇七も苦い顔をしている。

「あれ、まずいことをいっちまったのかな」

藤吉がすまなそうにする。

「いや、かまわんよ。俺たちが未熟なだけなんだ」

文之介は藤吉を見つめた。

「俺たちがここにいることは、村上家の屋敷の者にはいわないでほしいんだが」

「ええ、それはもちろんですよ。あっしの口はお城の石垣よりかたいって評判なんですから」

「そいつは頼もしい。藤吉さん、村上家の評判はきいているかい」

「あまりきいたこと、ないですねえ」

「一度くらいはきいたこと、あるのかい」

「出入りの商人たちですけどね」

「なんといっていた」

「こすっからいんですよ。集金に行っても屋敷に入れてもらえなかったり、入れてもらっても約束の七掛けにしろ、とか急にいわれるんだそうです」

なるほどな、と文之介は思った。この一事だけでも、村上采女という男の本性が透《す》けて見えるようだ。

それは甚内に対しても同じだったのだろう。甚内は、どうやら脇坂家中の者ではないようだ。口封じをされようとしたくらいだから、やはり浪人なのだろう。金か仕官を餌《えさ》に甚内に片桐屋を皆殺しにさせ、餌を与えることなく消そうとした。

しかし、采女が甚内に依頼したという証拠はなにもない。

とにかく原田甚内をとらえなければ。文之介にはその一念しかない。

口封じをされかけた以上、甚内はきっと采女を襲うのではないか、という読みが文之介にはある。

だが結局、その日采女は外出しなかった。夜の四つまで辻番所で粘《ねば》ったが、甚内は姿をあらわさなかった。

「仕方ねえ、引きあげるか」

辻番は夕方になって、藤吉から素之助《もとのすけ》というじいさんに代わっている。

「素之助さん、では明日もよろしくお願いします」

「はい、こちらこそ」

素之助はこのまま辻番所に泊まりこむのだ。

「よし勇七、行こう」

文之介と勇七は真っ暗な闇のなか、小田原提灯のわずかな明かりを頼りに、奉行所に戻った。

驚いたことにこの刻限にまだ又兵衛がいて、文之介は用部屋に呼ばれた。

「いかがされたのです」

文之介は部屋に入るや問うた。

「どうしてこんな刻限までいるのか、ときいているのか。配下の者が働いているのに、わしが帰れるわけがなかろう」

「ありがとうございます」

文之介は少しだけ感激した。張りこみのことをきかれたので、ありのままを答えた。

「そうか、甚内はあらわれなかったか」

又兵衛が腕を組む。

「なかなか正面切ってあらわれるということはあるまい。文之介、深夜、あらわれるというのはないか」

「考えられますが、暗い分、昼間より多くの人手が要りましょう。村上屋敷のために、そこまでやる義理はないような気がします」

「道理だな」

「河上道場の者はなにかしゃべりましたか」

甚内が身をひそめていたということで、当然のことながら道場の者は奉行所に引っぱられ、厳しい取り調べを受けたのだ。

「道場主、師範代、それから三名の高弟を引っぱってきたが、いずれも甚内の行方は知らぬの一点張りよ」

「甚内はどうして河上道場を住みかにしていたのですか」

「道場破りをされ、それ以降、住み着かれたのだそうだ。甚内が片桐屋を皆殺しにしたことなど、知らなかったと五名は口をそろえている。そんなに凶悪な者だったら番所に突きだしていた、といっているが、あの者たちにはそれだけの腕も度胸もなかろうな」

「河上道場に住み着く前、甚内がどこにいたか、五人は知らぬのですか」

「五人とも知らぬらしい。口裏を合わせた形跡は感じられぬ。五人が本当のことを話しているのはまずまちがいあるまい」

「さようですか」

「文之介、長いことご苦労だった。もう帰れ」

「はい、そうさせていただきます」

文之介は夜道を一人、屋敷に戻った。

「おそかったな」

丈右衛門が心配そうな顔をしている。

「はい、張りこんでいたものですから」

そうか、といって丈右衛門が盛大にくしゃみした。

「風邪ですか」

「まあな」

丈右衛門は鼻をくしゅくしゅさせている。

「大丈夫ですか」

「風邪は万病の元というが、わしは大丈夫だ。一晩寝れば、ころっと治っていると思う」

「それがしもそう思いますよ」

文之介は居間に入った。

男が一人いた。文之介は目をみはった。

「おぬしは――」

孝蔵だ。ぼんやりとした目を、文之介に向けてきた。軽く頭を下げる。

その仕草は生きている者には見えなかった。どこかからくり人形の動きに似ている。

「どうしてここに」

「そいつはわしからいおう」

なにが起きたのか、丈右衛門が割って入った。孝蔵にきこえないようにささやく。

「そうですか。身投げを……」

なにゆえ丈右衛門が風邪を引いたのか解した文之介も、ささやき声で返した。

「また目を離すとやりかねん。だから連れてきた」

孝蔵の住む町の町役人には、このことをすでに話したという。

「となると父上は、孝蔵にかかりきりになりますね」

「そうだな。今度の一件は、ほとんど手伝えぬことになる」

残念だが、ここは自分の力の見せどころだろう、と文之介は腹をくくった。

「どういう状況になっているか、お話しします」

丈右衛門は真剣な顔できいた。

「そうか、甚内の居どころはわからんか。舟は見つかったのか」

甚内が橋から乗り移り、自ら櫓を漕いで逃げた舟のことだ。

「いえ、見つかってないそうです。江戸にどれだけあるかわからない猪牙《ちよき》ですから、果たして見つかるものかどうか」

「まあ、そうだな」

文之介は、居間の隅にちんまりと座っている孝蔵に顔を向けた。

文之介たちがなにを話し合っていたかなど、まったく関係ないという顔をしている。

感情があらわれていない。

屋台で稲荷寿司を売っていたときの明るい笑顔。

あれを一刻もはやく取り戻させなければ、と文之介は思った。

八

文之介が起きたとき、孝蔵はまだ寝ていた。部屋は丈右衛門と一緒だ。こうしておけば夜に抜けだされることはない。

文之介は丈右衛門に孝蔵のことをよろしくお願いします、と頼んでから出仕した。

奉行所で勇七と落ち合い、道を東に取って永代橋を渡った。

向かっているのは、深川加賀町にある堀田道場だ。この前、文之介が太田津兵衛と打ち合ったところである。

道場主からつなぎはきていないが、もう戻ってきているのではないか、と文之介は踏んだのだ。

深川加賀町への道々、勇七に孝蔵のことを話した。

「えっ、身投げですかい」

「ああ、おかげで父上が風邪を引いた」

「ご隠居、大丈夫ですかい」

「今朝はもうすっきりした顔していたよ」

「そうでしたか。でも、孝蔵さん、気がかりですねえ」

「ああ、はやいところ立ち直ってほしいな」

堀田道場に行くと、津兵衛は門人たちと稽古をしていた。門人は二十人近くいるのではないか。

盛況といえた。こんなに大勢いるのなら、津兵衛としても教え甲斐があるだろう。

道場に入ってきた文之介と勇七を認め、津兵衛が皆に稽古を続けるように厳しくいってから、近づいてきた。

「ずいぶん朝はやくから来るものなんだな」

「太田どのこそ、こんなにはやくから門人たちに稽古をつけているなど、熱心ではないですか」

津兵衛がどういう教え方をしているか知らないが、ていねいなのではないだろうか。

ほとんどが町人と思える門人も、きっとわかりやすいはずだ。

「道場主からきいたが、一度わしに話をききに来たそうだな。広大な関東を感じに、筑《つく》波山《ばさん》のほうに行っていたんだ」

「そうだったのですか」

「それで話というのは」

道場の端で文之介は津兵衛に、どういうことが起きているかを語った。

「そいつはまことか」

「ええ」

「村上采女どのはいい評判とは確かにいえぬが、まさか店の者を皆殺しにするまでの暴挙に及ぶとは」

津兵衛が文之介を見た。思慮深げな目をしている。

「御牧どの、ここは少しときをかけて話し合ったほうがよかろう。午前の稽古をすませてからあらためて話をしようではないか」

午前の稽古は四つ半くらいには終わるという。

「でしたら、その頃また来ます」

「すまぬな、何度も足を運ばせて」

文之介はにっこり笑った。

「それが商売なんで」

文之介は勇七と一緒に堀田道場を出た。

「旦那、これからどうします。四つ半までまだ一刻ほどありますよ」

「勇七、それはもう決まっている。甚内の居どころを捜すのさ」

文之介はあたりを見まわした。

「舟に乗り移った甚内は、大川を越えてこっちのほうに来たんじゃねえかって俺はなんとなく思っている」

「旦那の勘は当たりますからねえ」

「そうでもねえが、今度ばかりは当たってほしいと願うよ」

文之介は勇七を連れて、深川界隈《かいわい》の自身番をめぐり歩いた。甚内の人相書を見せる。

だが一人として、甚内の顔に見覚えがあるという者はいなかった。

「くそっ、俺の勘もなまったもんだな」

文之介は自分の頭を小突《こづ》いた。

「まだわかりませんよ。深川は広いですからね。でも旦那」

「なんだ」

「もうじき四つ半という頃合ですよ。道場に戻らないと」

「えっ、もうそんなになるのか。ときを忘れてたってことは、一所懸命仕事をしたってことだな」

「ええ、そういうことですよ。最近の旦那は本当に立派ですから」

文之介は勇七に顔を寄せた。

「なんだ、勇七、今なんといったんだ」

「えっ、なんですかい」

「勇七、とぼけるな。立派とかなんとかいっただろう」

「ええ、いいましたよ。旦那は本当に立派だって」

「なんだ、やっぱり俺が立派だっていってやがったか。なんて正直な野郎だ」

文之介は張りきって歩きだした。

「しかし犬みたいにわかりやすい頭だってのは、まったく変わらないんだよな」

文之介は勇七を振り向いた。

「なんだ、勇七、なにぶつぶついってやがるんだ」

「いえ、ちょっと腹が減ったなあ、と思いましてね」

「俺も減った」

道場の前で、津兵衛は文之介たちを待っていた。

「ああ、申しわけない。お待たせしてしまいましたか」

文之介たちは小走りに近づいた。

「いや、ちょうど稽古が終わったところだ」

「どこかで昼飯にしますか」

「いいな。腹ぺこなんだ」

「なにか食べたい物はありますか」

「わしに好ききらいはない。御牧どののお勧めの店に連れていってくれ」

「わかりました」

文之介は津兵衛を、深川久永町にある名もないうどん屋に連れていった。

うどん屋に通ずる路地に足を踏み入れたとき、津兵衛が鼻をくんくんさせた。

「いいだしのにおいだな。これは手間を惜しまずしっかり取っている証だな」

「楽しみにしておいてください。うまいですよ」

文之介はうどん屋の暖簾を払った。

「いらっしゃいませ」

貫太郎やおえんがいっせいにいう。

「おう、元気のいい店だな」

「太田どの、こんなので驚いていてはいけませんよ」

津兵衛が驚く。

「ほう、気持ちはいやが上にも高まるな」

まだ昼にはややはやいこともあり、店は混んではいなかった。貫太郎が座敷の奥に席をつくってくれた。

「お侍ははじめてですね」

貫太郎が少し大人びた口調できく。

「こちらの御牧どののお勧めだ」

「貫太郎、例の三つのうどんが楽しめるやつを三つ頼む」

「承知いたしました」

貫太郎が注文を通しに厨房に行った。代わりにおえんがやってきて、茶を置く。

津兵衛が湯飲みを取りあげ、さっそくすすった。

「ふむ、うまい。いい茶葉だ」

「そうでしょう。これはこのおえんがいって、店主に茶を替えるように頼んだそうですよ」

「娘さん、それはいいことをしたなあ。お客のことを第一に考えるのは、客商売の大本だ。この店ははやっているようだが、これからさらにはやるだろうよ」

「ありがとうございます」

おえんは、控えめな笑みを残して去っていった。

「お待ちどおさま」

しばらくして、貫太郎とおえんが注文の品を持ってきた。

「ごゆっくりどうぞ」

津兵衛が、すのこの上のうどんを見つめている。三つのうどんの山がこんもりと盛りあがっている。

「どうして三つにわかれているのかな」

「そいつは食べてみればわかります」

「それならいただこう」

うどんをつけづゆにつけて、津兵衛が食べはじめた。

「これは――」

目を丸くしている。

「江戸にこんなにうまいうどんがあったとはなあ」

それから津兵衛の箸はとまらなかった。文之介たちもそれは同様だった。

「三つとも微妙に味がちがった。しかしいずれもすばらしいうどんだ。うまかったよ。ありがとう」

すっかり満足した様子で、津兵衛が箸を置く。おえんが持ってきてくれた新しい茶を喫して、穏やかな吐息を漏らす。

文之介も湯飲みを傾け、一息ついた。勇七も目を細めて茶を飲んでいる。

「よし、気分のいいところで、もう一度詳しい話をきこう」

津兵衛にいわれ、文之介は片桐屋のことをまず話した。

「うむ、皆殺しをしたのは原田甚内という浪人者、使嗾をしたのは江戸家老の村上采女」

文之介は、津兵衛が采女のことを呼び捨てにしたことに気づいた。

「そこまではわかった。脇坂家に関し、詳しい話をききたいのだな」

「そういうことです」

文之介は背筋をのばした。

「家中に派閥争いはありますか」

津兵衛が苦笑する。

「それがない大名家など、一つもないといってよかろう」

それはそうだ。人というものは、どうしてか派閥をつくりたがる。どんなに小さな大名や旗本でも、あるいは職場でもそれは同じだろう。

「永代橋でおぬしとやり合ったとき、わしは酔っ払っていた。それがどうしてか、わしはこの前話しかけたが、やめてしまった」

「ええ、覚えています」

文之介はうなずいた。煮売り酒屋の江木で一緒に飲んだときだ。

「そのわけも今は納得できた気がします」

「ほう」

「殿さまが亡くなったからですね」

津兵衛はうなだれるようにこうべを垂れた。

「わしは使番《つかいばん》だった。前《さき》の殿に心酔していた。殿が亡くなったとき殉死《じゅんし》したいくらいだったが、それは許されぬ。殉死をすると、下手すれば一族にも累《るい》が及びかねぬゆえな」

「それで酒に」

「男として情けない限りだが、あのときは酒しかなかった」

津兵衛が顔をあげた。

「采女の話だが、やつの使嗾だという確たる思いがわしにはある」

「確たる思いですか」

「あの男、わしにまず誘いをかけてきおったんだ」

文之介は眉根を寄せた。

「それはつまり、刺客として太田どのを雇おうとしたというのですか」

「むろん、わしは中身をきいたわけではない。わし自身、采女に対しいい感情を抱いていないので、呼びだし自体、断ったからな。今思えば、原田甚内にやらせた役をわしにやらせようとしていたのだろう」

「なるほど。放逐されたばかりで、お家にうらみを抱いているのではないかと思える遣い手。条件にぴったりですね」

「でなければ、あの男がわしなど呼ぶはずがない。餌はむろん再仕官であろうな」

そうでしょうね、と文之介はいった。

「ところで、派閥の対立というのはどういうものですか」

「代替わりがあれば、それまで冷や飯を食わされていた者たちはいっせいに攻めに転ずる。これまで権勢をふるっていた者は追い落とされたくない。それで激しい勢力争いが行われる。どこでもある派閥争いの一つにすぎぬ」

津兵衛が咳払いした。

「村上采女は国元の次席家老と結託している。一族なんでな。それで、筆頭家老と真っ向からぶつかり合っている。江戸屋敷の御留守居役《おるすいやく》の苗木監物どのはどちらにもつく気はないようだが、采女を抑えるだけの力量もない」

津兵衛が間を置いた。

「村上一族は前の殿が家督《かとく》の座にあるあいだ、ずっと日陰暮らしをしていたようなものだ。それを一気にひっくり返そうと、片桐屋という筆頭家老側の金の出どころを、潰すという不法な振る舞いに出たところで不思議はないかもしれんな」

九

雨が降っている。

冬の雨のように静かな降り方だ。庭の草木も、どこかうれしそうに雨に打たれているように見える。

丈右衛門は障子をあけ、畳の上からせまい庭を眺めていた。茶が入った湯飲みを両手で握っている。これはさくらがいれてくれたものだ。

さくらが、丈右衛門のうしろで孝蔵に話しかけている。

「孝蔵さんて、いくつなんですか」

孝蔵は答えない。正座したまま、ぼんやりとした眼差しをあてもなく部屋のなかに向けている。

「いつから稲荷寿司をつくりはじめたんですか」

それにも答えはない。

なにか趣味はあるんですか。好きな食べ物はなんですか。お気に入りの場所はあるんですか。さくらが立て続けにきいた。

孝蔵には、さくらの声がきこえていないようにしか見えない。実際、そうなのかもしれない。孝蔵は心のなかで、耳をふさいでしまっているのだ。

なにを思っているのか。なにも思っていないのかもしれない。

それとも、死んだお芽以とお瑠衣のことを考えているのか。楽しかったときを思いだしているのか。

さくらの背中で眠っていた信太郎がぱちりと目をあけ、泣きだした。

さくらがすぐに背中からおろし、あやしはじめた。しかし泣きやまない。

「おしめかしら」

さくらが確かめる。しかしちがうようだ。腹が空いているはずもない。ほんの四半刻ほど前、同じ八丁堀の女房に乳をもらったばかりなのだ。

「どうしたのかしら。――信太郎ちゃん、いったいなにが気に入らないの」

信太郎は泣き続けている。

孝蔵がゆっくりと動いて、手をのばした。

さくらが、えっ、という顔をする。戸惑いながらも信太郎を孝蔵に抱かせた。

孝蔵は信太郎の顔をのぞきこみ、あやしている。体を揺らして、なにかを歌っているように見える。

信太郎の泣き声が徐々に静かになってゆく。さくらだけでなく、丈右衛門も目をみはった。

やがて信太郎の目がとろとろになり、眠りに落ちていった。

「すごいですね、孝蔵さん」

さくらがほめたたえたが、その声も耳に届かなかったように孝蔵は信太郎を抱き続けている。

「信太郎ちゃんに、孝蔵さんのやさしさがわかるんですね」

さくらが丈右衛門にいう。

丈右衛門は苦笑した。

「それじゃあ、わしがまるでやさしくないみたいじゃないか」

「すみません」

ぺろりと舌をだして、さくらが謝る。

ぐっすりと信太郎が寝たところで、孝蔵がさくらに渡した。さくらは手ばやく背中におぶった。

「じきお昼ですね。丈右衛門さま、なにか召しあがりたい物がありますか」

さくらがきいてきた。

「あるぞ」

空腹の丈右衛門は腕を組んだ。

「稲荷寿司だ」

「稲荷寿司ですか」

さくらが困ったような顔になる。

「苦手か」

「いえ、つくれますけれど、丈右衛門さまは孝蔵さんの味をご存じなんですよね。それとくらべられたら、ちょっとつらいなあ、と思うんです」

「安心してくれ。くらべる気などない。それにさくらちゃんがつくる稲荷なら、きっとうまかろう」

わかりました、とさくらがいった。

「油揚げを買ってきます」

雨のなか信太郎を背負い、傘《かさ》を差して出かけていった。

丈右衛門は一緒に行ってやりたかったが、孝蔵がいる以上、それはできない。

雨が強くなったり弱くなったりを二度ほど繰り返した頃、さくらは戻ってきた。

「お待たせしました」

油揚げの入った包みを手に、さくらが台所に行く。

やがて甘辛《あまから》い醬油のにおいがしてきた。

そのにおいを嗅《か》いで、孝蔵が鼻をぴくりとさせた。立ちあがる。

孝蔵がにおいを追って歩きだした。丈右衛門はあとについていった。

孝蔵が台所に入った。手際よくさくらが調理しているところを、斜めうしろからじっと見ている。

さくらは酢飯を油揚げにつめようとしているところだ。

「それじゃあ駄目だ」

孝蔵がいきなりいった。えっ、とさくらが振り返る。

「油揚げは油抜きはしたんだね」

孝蔵の目が光っている。さっきまでとは別人だ。

「はい、しました」

「だしで煮たかい」

「ええ、煮て、味を染みこませるためにひたしました」

「どのくらい煮たんだい。だいたい四半刻の半分くらいは煮ないといけないんだ」

「そんなに長くですか」

「そのくらい煮ないと、しっかり味が染みこまないからね」

孝蔵は、ざるの上に並んでいる油揚げを見ている。

「でもおいらが駄目といったのは、煮方じゃないんだ。この油揚げ、もう少し水気を取らないといけない」

「そうなんですか」

「うん。ここでしっかり水気を取らないと、まるで豆腐みたいな油揚げになってしまうから」

「わかりました」

「こうやって両手ではさみこむように水気を取るんだよ」

孝蔵が手本を見せる。合掌《がっしょう》の形だ。

さくらが真似をする。

「うん、それでいい」

すべての油揚げから水気を取り、さくらは酢飯をつめはじめた。

「油揚げの端のほうにもしっかり入れないと駄目だよ」

「はい」

さくらは熱心だ。手際はさらによくなっている。

「できました」

見た目は孝蔵たちがつくり、売っていたものと似ている。

丈右衛門は期待して食べた。

「うまい」

思った以上の出来だ。このくらい食べさせてくれれば、丈右衛門に文句はない。

孝蔵が一つ取りあげ、口に運んだ。ゆっくりと咀嚼《そしやく》している。

「どうですか」

さくらが心配そうにきく。

「おいしい」

「そうですか」

さくらがほっとした顔をつくる。

「でも——」

「でもなんですか」

「もう少しがんばれば、もっとおいしいものをつくれるようになるよ」

「本当ですか」

「本当さ」

「だったら、教えてもらえますか」

「いいよ」

孝蔵が稲荷寿司の米を指でさした。

「米の炊き方一つでもちがうんだ。たれが染みこむ余地を残して、水加減、火加減を工夫しなければいけない。もちろん季節によってもそれらは異なるんだよ。でも最も大事なのは、ややかために炊くということだね」

「かために炊いたつもりだったんですけど」

「そうだね。でももう少しだな」

さくらは真剣に孝蔵の話をきいている。その真剣さに押されたように、孝蔵の目はさらに光を帯びている。

いいぞ、と丈右衛門は思った。二人は息が合っている。一緒になったばかりの若夫婦を見ているようなほほえましさが感じられる。

いっそのこと、このまま一緒になればいいのに。

さくらや信太郎がお芽以やお瑠衣の代わりにならないのは当然だ。孝蔵が二人を失って腑抜《ふぬ》けのようになってしまったのは、それだけ二人のことを大切に想《おも》っているからだ。もっとも、さくらだってお芽以の代わりに見られるのはいやだろう。お互いの気持ちの整理が必要だ。だからすぐに一緒になるのは無理だろうが、この二人ならうまくやっていけそうな気がする。

十

江戸家老を殺す。

その一念に原田甚内は凝りかたまっている。

あの野郎は俺の口封じをしようとした。なめた真似をしやがって。決して許さぬ。

雨が屋根を打っている。強くなったり弱くなったりを繰り返している。

雨か、と甚内は思った。雨の日、父は縁側に座って、ぼんやりと庭を眺めていることが多かった。

あの目にはなにが映っていたのだろう。

父親は仕官を夢見ていた。しかしこの時代、仕官の機会など得られるはずもない。糊《こ》口《こう》をしのぐために父親は手習師匠をしていた。

手に職があるわけでもなく、そこそこ学のある浪人には格好の職だ。

教え方がていねいでやさしかったこともあり、父は子供たちに好かれた。

だが俺には厳しかった。学問だけでなく、剣についても。

手習所が休みの日、剣は徹底してしごかれた。強くなっていく実感はあったが、俺は今も剣はきらいだ。

父に教えこまれた剣。その剣を用いて俺はもういったい何人殺したのか。

父が剣さえ教えなければ、こんなことにはならなかった。

しかしうらみを晴らそうにも父はもうこの世にいない。十年前、病で死んだ。

となると、俺が復讐《ふくしゅう》すべき男はただ一人。江戸家老の村上采女だ。

采女は上屋敷内には住んでおらず、外に屋敷を構えている。木挽町築地中通だ。

やつは今は屋敷内に籠《こ》もっているにちがいないし、町方も俺が狙うだろうと考えて屋敷を張っているだろう。

だがやつにはつとめがある。必ず外に出ざるを得ないし、町方の目もゆるむこともあろう。

その機を逃さず、屠《ほふ》ってやる。ひと思いには殺さない。切り刻んで、苦しみをたっぷりと味わわせてやる。

その瞬間をはやく手にしたかった。

甚内は目を光らせた。いや、もう我慢がきかない。

機会など待っていられるものか。

甚内は刀を腰に帯びた。

雨は相変わらず降り続いている。蓑《みの》を着こみ、笠をかぶった。

家を出て、歩きだした。

極端に人の姿がない。江戸の者たちは雨降りになると家に籠もってしまうが、ここまで徹底されている日も珍しい。行商の者にもあまり出会わない。

ぬかるんだ道を歩いて、木挽町築地中通まで来た。

このあたりからは神経を配らなければならない。

どこかに町方がいないか。今のところ、目に入ってはこない。

いないはずがないが、目に入ってくる者はない。気配も感じない。

どうしてなのか。

俺が村上采女を襲うと考える者は、町奉行所にはいないのだろうか。

いや、そんなうつけばかりとは思えない。村上屋敷のまわりにいないのは、なにかわけがあるからではないか。

たとえば大きな事件が起き、張りこんでいた者たちが引きあげざるを得なくなったとか。

きっとそうにちがいない。

とにかく町奉行所の者がいないというのは、僥倖《ぎょうこう》以外のなにものでもない。

誰も張っていないのなら、このまま屋敷に忍びこんでやろう。

甚内は決意し、裏手にまわろうとした。

そのときやや激しさを増した雨のなか、十名近い侍が村上屋敷のほうにやってくるのが見えた。いずれも蓑と笠を着用している。

あれは、と甚内は目を凝らした。やつの家臣どもではないか。

つまりやつは上屋敷に出仕していたのだ。それにしても、もう帰ってきたのか。まちがいない。あの家臣たちのうしろにやつはいるのだ。

こんなところでめぐり合えるとは。天が俺に味方をしてくれているからだ。やるぞ。やってやる。

はやる心を抑えるように甚内は静かに歩きだした。蓑を着たまま、あまり泥はねをあげないように近づいてゆく。

先頭を行く家臣が甚内に気づき、ぎょっとしたように立ちどまった。

甚内は刀を引き抜いた。うおっ、と声をあげて家臣が刀を抜こうとした。

その前に甚内は侍の胸に刀を突き刺した。手応えはなかったが、刀を引くと、侍は噴き出る血とともに前のめりに倒れこんだ。

泥がはねあがって体にかかりそうになったが、そのときは甚内はもう前に進んでいた。

家臣たちはなにもできず、甚内の気迫に押されたかのように次々に横によけてゆく。

すぐに村上采女の顔が見えた。

目が合うや、あわわ、と声をだして采女があとずさりした。

「はやくその者を討てっ」

采女が絶叫する。

しかしその声に応える者はいない。

甚内は采女に走り寄り、刀を無造作に振った。しかし采女はかわした。

ちっ。舌打ちした。やはり若い頃、それなりに遣えたというのは嘘ではない。

甚内は刀を振りあげ、本気で采女に打ちかかろうとした。

一人の家臣が我に返ったように気合を発し、斬りこんできた。

甚内は刀を横に振り、胴を断ち割った。家臣の体が傾いた。

家臣は刀を投げ捨て、呆然と腹の傷を見ている。血とともにはらわたが着物を割るように出てきた。

ああ、と絶望のうめきを漏らして、家臣は横転した。しぶきがあがり、甚内の顔にかかった。

網のなかの魚のようにのたうちまわっていたが、家臣は泥に顔を半分つけて動かなくなった。

なった。

息を一つついて、甚内は采女に目を移した。采女は刀を抜き、正眼に構えている。

「やろうっていうのか。いい度胸してるじゃねえか」

甚内は嘲《あざけ》りの笑みを浮かべ、采女に近づいていった。

「待ちやがれっ」

文之介は勇七とともに走った。まだ距離がだいぶあるから、声が甚内に届いたかどうかはわからない。

文之介たちは、午前は出仕する采女の一行についてゆき、午後も上屋敷から帰る采女たちのうしろについたのだが、采女の一行から離れてしまったのは、途中、采女に撒《ま》かれたからだ。

とある料理屋の暖簾を采女の一行はくぐってゆき、中間たちは外で待っていたからさして不審は覚えなかったのだが、暖簾を払う際、ちらりと見せた采女の笑みがときがたつにつれて気になり、勇七が料亭に確かめたところ、采女たちは裏口から出ていったとのことだった。

どうして町方を撒いたりしたのか。

おそらく身辺を探られていると勘ちがいし、うっとうしさを覚えたのだろう。

文之介は必死に走った。すでに二人の家臣が路上にものいわぬ死骸となって横たわり、今は甚内が采女に斬りかかろうとしているところだった。

「待てっ」

文之介は大声で吠《ほ》え、甚内の注意を自分に向けさせた。

まだ十間以上の距離があるが、甚内がむっ、と顔を向けてきた。

それを隙と見たか、采女が甚内に斬りかかった。

たわけがっ。甚内が刀を一閃《いっせん》させる。

殺《や》られたか。文之介は思ったが、采女はかろうじて刀で弾いていた。

実力の差をその一撃で知ったか、采女がうしろに下がる。

甚内は間合をつめようとしたが、その前に文之介が間近に迫っているのに気づいた。

顔をゆがめ、舌打ちする。その音が文之介にもきこえた。

甚内がぬかるみを蹴って走りだす。

文之介は采女に一瞥《いちべつ》をぶつけ、どこにも怪我を負っていないのを見て取った。

「勇七、追うぞ」

すでに勇七は追いはじめていた。

文之介はあとについた。今度こそ逃がすつもりはない。

雨は相変わらず降りしきっている。道がぬかるんで、走りにくいことこの上ない。

文之介は何度か転びそうになった。走りが得意な勇七ですら足を滑らせ、手をつきそうになる。

甚内も足をぬかるみに取られ、走りにくそうにしているが、距離はほとんどつまらない。足の怪我が治ったとは思えないのだが、もともと甚内の足がはやいのだ。

文之介はへとへとになったが、こんなことでへこたれてたまるか、と思った。勇七もさすがに息を荒くしているが、決してあきらめないという気持ちが走りに強く出ている。

雨はますます激しくなり、蓑と笠をつけているものの、着物にしみてきて体が重くなってきている。

甚内もきっとそうなのだ。文之介は自らを励まし、走り続けた。

甚内は築地川に架かる三之橋《さんのはし》を渡り、仙台橋《せんだいばし》を走り抜けた。大名屋敷脇の道を、盛大に泥をはねあげて駆けてゆく。

町地に入る。東海道を走ってゆく甚内の背中が見える。

さすがに東海道だけに道を行きかう人は、この雨でも少なくない。旅人も多いし、雨のなか、商売に励んでいる商人の姿も目立つ。そういう人たちをはね飛ばすようにして甚内は走っている。

文之介たちもできるだけ通行人に当たらないよう気をつけたが、何人かは突き飛ばすような格好になってしまった。すまん、と心のなかで謝って走ってゆく。

本当は声をだして謝したかったが、すでに声をだせるような状態ではない。喉が焼けつき、横腹が痛く、心《しん》の臓《ぞう》が今にも破裂するのではないかと思えるほど激しく動悸《どうき》を打っている。

それなのに、甚内との距離はまったく縮まらない。

道の先に大きな寺が見えてきた。あれは増上寺《ぞうじょうじ》だ。

まずいな、と文之介は思った。

案の定、甚内は浜松町《はままっちょう》のところで右に折れ、あっという間に大門を抜けていった。

文之介は決まりなど無視し、甚内に続こうとした。

「いけませんよ、旦那」

勇七があわててとめる。

「放せ、勇七。入ったところで、たいした咎《とが》めがあるわけでもねえよ。命までは取られねえ」

「でも咎めを受けたら、謹慎《きんしん》ということになります。そうなったら、甚内をとらえられなくなります」

「ここでとらえちまえばいいんだ」

「今日のこの雨では無理です。あっしらはどのみち追いつけませんよ」

その通りかもしれない。甚内をとらえられるのなら、とうにとらえていておかしくなかった。文之介たちはそれだけの距離を走り続けたのだ。

文之介は、わかった、といった。

「仕方ねえな。今日はあきらめよう。——勇七、放してくれ」

「放しても大丈夫ですね」

「大丈夫だよ。勇七、追おうにも、もうやつは見えねえじゃねえか」

大門の先、降りしきる雨の向こうに甚内の姿はない。

勇七が力をゆるめた。

「勇七、帰ろう」

無念さを押し隠して、文之介は奉行所に戻る道を取った。

第四章　転がる位牌

一

落ちこんでいる。

なにしろ二度も原田甚内の捕縛にしくじったのだから。

次は必ずとらえてやる、と思うものの、文之介の足取りは重い。雨は夜の到来とともにやみ、雲の隙間から星の瞬《またた》きが一つ二つ見えている。

ただ、月のない空はまだ暗く、それが今の自分の気持ちを映しだしているかのように思えた。

気分を高揚させようと思いつつも、なかなかうまくいかない。

だが、いつまでも落ちこんだままではいられない。

文之介は腹に力を入れた。提灯のつくる夜の隙間を見つめた。

そこに原田甚内の影を呼びだし、瞳を鋭くする。

歩きながらじっと甚内を見ていると、必ずとらえられる気になってきた。

次はもう逃がさん。覚悟しておけよ。

甚内が、できるかな、といいたげににやりと笑ったのが気に入らなかったが、暗い顔は消して屋敷に帰れそうだ。

くぐり戸を抜け、屋敷内に入る。

居間に行き、丈右衛門に帰宅の挨拶をした。

「汗一杯だな。捕物でもあったか。湯屋《ゆや》に行ってこい」

今から行くのも面倒くさい。かなり混んでいる刻限だ。

「水を浴びてきます」

文之介は着替えを持って庭に出た。井戸の水を浴びる。

つい半月前とは、水の冷たさがちがうような気がする。確実に秋は近づいてきているのだ。

夜になると、特に大気の冷涼さがはっきりする。耳を澄《す》ませると、どこからか秋の虫の声らしい音もきこえてきた。

寂しいな、と文之介は思った。夏の終わり際というのは、どうしてこんなにせつない思いにとらわれるのだろう。

手ぬぐいで体をふき、下帯や着物を身につけて文之介は屋敷にあがった。

「飯を食ってこい。支度はしてある」

丈右衛門にいわれ、向かった台所脇の部屋にさくらと孝蔵がいた。床に置かれた大皿に、たくさんの稲荷寿司が並べられている。

「お帰りなさいませ」

さくらが笑顔でいう。

「こんな刻限までいいのか」

「稲荷寿司をつくっていたら、おそくなってしまったんです。文之介さまが召しあがったら、帰ります」

文之介は孝蔵を見た。

おや。瞳に真剣な光がある。この目は、昨日まではまったくちがう。

なにがあったのか。

「孝蔵も稲荷をつくったのか」

「ええ」

「お皿の右側が孝蔵さん、左側は私がつくりました。文之介さま、両方、召しあがっていただけますか」

「食べくらべか」

それにしても、どうして孝蔵はそんな気になったのか。

どうやら、と文之介は思った。父上がうまいこと、そういう方向に持っていったのだろう。

孝蔵にとって、稲荷寿司が命を懸けるだけのものであるのを見抜いているのだ。そのくらいの覚悟がないと、あれだけの稲荷寿司をつくれるはずがない。

「では、いただこうかな」

さくらがじっと見ている。

「では、さくらちゃんのほうから」

文之介は左側の稲荷寿司をつまみ、口に持っていった。

「うまいな。米の炊き加減もいいし、揚げにしみこんでいるだしの味もいい。これなら十分に売り物になるだろう」

「本当ですか」

「うん、俺は食い物に限っては世辞はいわねえんだ」

文之介は孝蔵の稲荷に手をのばした。

「ほう」

文之介は言葉を失った。これは、お芽以と二人、屋台で売っていたものとほとんど変わりがない。ふんわりと舌を包みこんでくれるような味で、これにくらべるとさくらのはやや荒っぽさがある。

食べくらべなければわからないような微妙さだが、実際に売り物として並べられた場合、この差は大きなものとなって売れ行きに関係してくるだろう。

「ふむ、さすがとしかいいようがないな」

「やっぱり孝蔵さんのほうのが、おいしいですか」

「そうだな。でも孝蔵はその道をもっぱらにしていて、俺などは江戸一と思っているほどのものだからな、さくらちゃんがかなわないのは仕方ないだろう」

さくらは悔しそうな顔をしている。

「さくらちゃん、そんな顔をせずともいい。もともと孝蔵のつくる稲荷寿司がすばらしいんだよ」

「私も、すばらしいといってもらえる稲荷寿司をつくってみたい」

「さくらちゃんならきっとつくれるよ」

文之介がいおうとした言葉を、孝蔵が口にした。

孝蔵の瞳に、生き生きとしたものが戻っている。さくらの孝蔵を見る目もきらきらしていた。

文之介の夕餉のあと、信太郎をおんぶしたさくらが名残惜しげに帰っていった。文之介は送るつもりでいたが、さくらが固辞するので、無理強いはしなかった。

孝蔵は台所であと片づけをしている。昨日までは目を離せなかったが、あの瞳ならもう自殺を考えることはないだろう。

居間に戻った文之介は丈右衛門にいった。

「あの二人、うまくいけばいいですね」

「いくだろう」

丈右衛門があっさりという。

「ずいぶん明るい見通しを立てているんですね」

「文之介だって、あの二人の見かわす目を見ればわかるだろう」

文之介は、二人が稲荷寿司を屋台で売る光景を思い浮かべた。いや、信太郎を入れれば三人か。

親子三人で売る稲荷寿司。はやくその光景を目の当たりにしたかった。

とはいっても、そんなにたやすくいくものではないのもわかっている。

さくらが、孝蔵という妻と子を失ったばかりの男の嫁になる。孝蔵の気持ちの整理もなかなかつかないだろうし、世間の目もあるだろう。

そんなにはやくというわけにはいかないだろうが、お芽以と子供の喪《も》が明けた頃には一緒になるのではないか。

おそらく、丈右衛門も同じようなことを思い描いているはずだ。

今はまだつらいだろうけどうらやましいなあ、と文之介は思った。俺もはやくお春と一緒になりてえなあ。

しかし、その前にできるだけ会えるようにしなくてはな。

なにしろ、最後に会ったのがいつなのか思いだせないくらいなのだ。

まさかお春のやつ、俺のこと、忘れちまっているなんてこと、ねえだろうな。

そんなことになったら、俺が身投げしたくなっちまうなあ。

いや、俺は泳ぎは得意だから、身投げで死ぬのは無理だな。なにか別の方法を考えなきゃな。

はっとした。俺はなにを考えてんだ。なんで死のうなんて思ったのだろう。

それだけお春のことを想っている証だろう。

「文之介、どうした」

いきなり声がかけられた。

「なに、ぶつぶついっているんだ」

「ああ、いえ、なんでもありません」

「大方、お春のことだろう。今どうなっているんだ」

「どうもなっていません」

文之介は力なく答えた。

「そうか……」

丈右衛門は残念に思っている表情だ。

父上は、と文之介は思った。俺とお春がうまくいけばいいと考えてくれているのだ。うれしかったが、これはどういうことかも考えた。つまりせがれが嫁をもらわないと、自分ももらいにくいということではないのか。

父上は決意したのだろうか。

「父上は、さくらちゃんに好きだといわれてどう答えたのです」

丈右衛門はしばらく文之介の顔を見つめていた。どういう意図があってこんな問いをしたのか、文之介は読まれそうな気がした。

丈右衛門が頬をゆるめる。

「自分の気持ちをはっきり伝えた」

丈右衛門が口にしたのはそれだけだったが、丈右衛門がさくらにどういうふうにいったのか、文之介には想像がついた。

丈右衛門は、やはりお知佳のことを心から想っているのだ。

二

ちょっとおそきに失した感はあったが、桑木又兵衛は村上采女の屋敷を訪問した。

又兵衛は客間に通された。障子があけ放されている。

昼間ずっと雨が降り続いていた昨日と打って変わって、今日は朝から晴天だ。

まだ水のしたたる庭の草木が、きらきらと強い陽射しをはね返しているのがとても美しい。

女中が持ってきた茶を喫して、又兵衛は采女を待った。

采女の席にも茶が置かれているが、なかなか来ない。この前、奉行所で待たせた意趣《いしゅ》返《がえ》しかもしれず、又兵衛はあえてのんびりとした風情《ふぜい》でいることにした。

やがて廊下を進んでくる足音がした。

「失礼いたす」

襖の向こうから声がし、采女が姿をあらわした。

「お待たせして、申しわけない」

采女が正座する。

「なかなかいい庭ですな。退屈せずにすみました」

「さようか。それはなにより」

采女が茶をすすり、湯飲みを茶托《ちゃたく》に戻した。

「して、今日はなに用ですか」

わずかに目を光らせて采女がきく。

又兵衛は会釈気味に頭を下げた。

「ご出仕前に押しかけ、まことに申しわけござらぬ」

「いえ、そのようなことはどうでもよいこと。ご用件を申されよ」

「お察しはついているのでは」

采女が顔をしかめた。

「なんのことですかな」

又兵衛は一瞬にらみつけておいてから、軽く咳払いした。

「ならば申しあげる。原田甚内のことにござる。居場所を教えていただきたい」

「原田甚内と……。いったい何者なのですか」

「おとぼけになりますか」

采女はゆったりとした笑いを見せた。

「とぼけてなどおりませぬ。本当に誰か知らぬだけ」

「昨日、村上どのを襲った者ですよ」

「ああ、あの浪人ですか」

「どうして浪人とわかるのです」

「そういう格好でしたゆえ」

「原田甚内は笠と蓑を身につけていたときいています」

「そうでしたかな。みどもが浪人と思ったのは、笠の下に見えた風貌《ふうぼう》からでござろう」

「どうして狙われたか、お心当たりは」

采女が首を振る。

「さっぱりわかりませぬ」

「村上どのは甚内の口封じをしたかった。五人の家臣で襲い、しかし二人を返り討ちにされた。昨日の襲撃は、甚内による報復ではありませんか」

「なにをおっしゃっているのやら、みどもにはさっぱりです」

「昨日襲撃を受けて、新たに二人の家臣を殺されましたね」

又兵衛が世間話のように持ちだすと、采女の表情が一瞬変わりかけた。

「無念なことです」

「仇《あだ》は討たぬのですか」

「どうしてあるじが家臣の仇を討たねばならぬのです」

これは采女のいう通りだ。親の仇を子が討つこと、兄の仇を弟が討つことなどが仇討で、その逆はほぼ認められていない。主君の仇を討ったので有名なのは赤穂義士たちだが、これまでその逆はない。

「では下手人は放《ほう》っておくのですか。それでは、村上家の士道は立たぬのではありませんか」

「むろん、放っておくことなどあり得ませぬ。今も捜しています」

「見つかりそうですか」

采女は答えない。だが、その表情がうまくいっていないことを語っていた。

「でしたら、我らにおまかせあれ」

「とらえたら、あの浪人を引き渡していただけるのですかな」

「そいつは無理です。原田甚内は片桐屋を皆殺しにした下手人ですからな」

「ほう、片桐屋を全滅に追いこんだのはあの男でしたか」

「村上どのが命じたという噂《うわさ》がありますぞ」

采女がにやっと笑う。

「誰が流すのですかね。まったく困りものですよ」

「なので村上どの、今さら甚内の口封じを画策しても無駄ですよ。ですから、居場所を知らずとも居場所につながるような手がかりがあれば、教えていただきたい」

「存じませんな」

采女は素《そ》っ気《け》なくいった。

「もともと見知らぬ者の居どころなど、みどもが知っているはずがござらぬ」

「いつまでもしらを切られるのか。それならば、これから脇坂家のご家臣が市中でなにかことをしでかしても、我らの関知せぬことに相成《あいな》るが、それでよろしいか」

采女は冷笑を浮かべた。

「今度は脅《おど》しですか。ご随意《ずいい》に」

又兵衛は村上屋敷を出た。供の中間が待っている。

次はどうすべきか。歩きながら考えはじめた。あの調子では、百年たっても采女からはなにも引きだせまい。

頼みになるのは、と又兵衛は思った。文之介だな。あいつなら、なにかきっかけをつくってくれそうな気がする。

又兵衛が奉行所の間際まで戻ってきたとき、一人の侍が寄ってきた。

又兵衛はぎくりとしかけたが、侍に害意がないのは一目でわかった。

「桑木さまですね」

「そうだが」

侍は、脇坂家の留守居役苗木監物の家臣と名乗った。

又兵衛はすぐ近くの蕎麦屋に連れていかれた。そこはたまに又兵衛も立ち寄る蕎麦屋で、森吉《もりよし》といった。

家臣に導かれて、二階に向かう。二階座敷は無人である。

「しばらくお待ちください」

いわれるままに正座していると、苗木監物があらわれた。

「申しわけない、お待たせしました」

深く頭を下げる。

「当家のことで、桑木どのにはご迷惑をかけているようで、まこと恐縮に存ずる」

「いえ……」

なんと答えればいいかわからず、又兵衛は言葉を濁《にご》した。

「それがし、憂慮しておるのです」

眉根を寄せて監物がいった。

「なにをでしょう」

「国元の派閥争いです。それが江戸屋敷にも及んできておりまして、勤番同士、仲たがいをする者も出てきています」

「さようですか」

「元凶《げんきょう》は国元にあるのですが、村上采女を放っておくわけにもいきませぬ。片桐屋を皆殺しに追いこんだのは、あの男の仕業のようですし」

又兵衛は深くうなずいた。

「采女を追い落としたいわけではありませぬが、このままにしておけぬのも事実」

監物が顔をあげ、又兵衛を見つめた。

「それがし、なんとか桑木どののお力になりたいと考えており申す」

これはいったいなんなのか。おそらく監物だけの考えではあるまい。背後でもっと強い力が働いているような気がする。

跡を継いだばかりの若い殿さまだろうか。

もしそうならば、もはや遠慮はいらぬというわけだ。殿さまは采女を表舞台から引きずりおろしたいと考えているのだろうから。

「それはありがたいお言葉」

そういいながら、なにをきくべきか又兵衛は思案した。

「苗木どの、なんでもかまいませぬ。村上采女どののことについてお話しくださいませんか」

三

文之介は空を見あげた。

太陽は頭上から強烈な陽射しを送ってくる。真夏と変わらない強さだ。

「昨日は雨で出番がなかったから、お天道さま、今日は張りきってやがるなあ」

「まったくですね。暑いですよ」

文之介は勇七を見た。今日は朝から、甚内の姿を求めて歩きづめだ。勇七の顔には少し疲労があらわれている。

「勇七、どこかでお茶、飲もうぜ。俺はもう足が疲れた」

「旦那、そんなことといっていいんですかい。一刻もはやく甚内を見つけないといけないんですよ」

「わかっちゃいるが、足が動かねえんだよ」

「わかりましたよ、ちょっとだけですよ」

「そうこなくっちゃな。おっ、ちょうどいいや、そこに茶店があるじゃねえか」

文之介は軽快な足取りで、目星をつけておいた茶店に近づいていった。

「旦那、どこが疲れているんですかい」

「いいじゃねえか。喉も渇いたし」

文之介は、神社の向かいにある茶店の縁台に座りこんだ。足をぶらぶらさせる。

「こりゃいいや。涼しくて」

よしず張りの茶店だが、頭上を欅《けやき》の大木が大きく枝を張りだしていて、陽射しはすつかりさえぎられている。

「勇七も座れよ」

「旦那、子供じゃないんですから、その足はなんとかしてくださいよ。あっしは恥ずかしくてたまりませんよ」

「わかったよ。いちいちうるせえなあ」

文之介は足を地面につけた。それを見て勇七も縁台に控えめに腰をおろした。

文之介は、寄ってきた小女に茶と団子を頼んだ。

お待ちどおさまです。すぐに注文の品はやってきた。

「おう、ありがとよ」

文之介は熱くいれてある茶をすすった。

「うめえなあ。暑いときに熱いものをいただくってのも、なかなか乙《おつ》だよな」

「そうですねえ」

勇七も頬をゆるめて飲んでいる。

その顔を見て、休んでよかったなあ、と文之介は思った。

団子に手をのばす。まわりはかりっと焼かれている。なかはしっとりとやわらかだ。

たれもあまり甘みはないが、くどくない味つけでこれなら飽《あ》きはこないだろう。

文之介は三本の団子をたいらげた。勇七も二本食べた。

文之介は口のなかのたれを茶で洗い流した。すっきりした。

「ああ、うまかったあ」

「しかし、旦那はなんでもおいしそうに食べますよねえ」

「うめえんだから、仕方ねえな」

「店の人も、旦那みたいな客だったら、団子をつくる甲斐があるんでしょうねえ」

「そうかもしれねえな」

文之介としても、客を喜ばせる気持ちで商売をやってくれないと、店としての値打ちはないと思うのだ。

文之介は店の奥を見た。どうやら、ばあさんとさっきの小女の二人でやっているようだ。小女はばあさんの孫娘かもしれない。

ばあさんは今も団子づくりに精をだしているようだ。その表情が一所懸命で、うまい物をこさえようとする志《こころざし》にあふれている。こういう店はどんどん増えてほしいものだ。

「ねえ、旦那。甚内はまた采女を襲うんですかねえ」

勇七が他の客にきこえないように小声できいてきた。

「襲うだろうな。あの目はそういう目だった」

「采女としても、また甚内に襲われるのはわかっていますよね」

「だから、まず屋敷を出ることはねえはずなんだ」

「旦那、甚内が屋敷を襲うなんてことは考えられないですか」

村上屋敷は厳重に守られている。それは気配からわかる。

「獲物が穴から出てこない以上、やるかもしれんな」

「とすると、やっぱり村上屋敷を張っていたほうがいいんですかね」

「いや、いつになるかわからねえのを待つのは性に合わねえ。やつが屋敷を襲う前に、必ず捜しだしてやる」

「そうですね。それしかありませんね」

勇七が気がかりそうな目を向けてくる。

「なんだ、勇七。子犬を捜して放浪してる母犬みてえな目だな」

「あっしは母親のように旦那のことが心配ですからね」

「甚内の剣のことか」

「旦那、勝つ自信はあるんですかい」

「ねえな。あいつは強え」

「殺《や》られちまうかもしれないんですか」

「かもな」

「怖くはないんですかい」

「怖いさ」

文之介は勇七の肩を叩いた。

「でも勇七、案ずるな。俺はあんなやつに負けやしねえよ」

「空元気じゃないですよね」

「当たりめえだ。俺はまだ若い。やりたいことも山ほどある。これまでお天道さまににらまれるようなこともしちゃいねえ。だから負けるわけがねえんだ」

「なんだ、けっこう自信、あるんじゃないですか」

「ねえよ。勝つ自信はねえけど、負けるような気もしねえってことだ」

文之介は勇七の顔から疲労が取れたのを見て、茶店の代を払った。

「勇七、いったん奉行所に戻るか。誰か手がかりを得たかもしれねえ」

「ええ、そうしましょう」

奉行所に近づいたところで、文之介は前を又兵衛が歩いているのを認めた。急ぎ足で近づこうとしたところ、一人の侍が又兵衛に近づいてきたのを見て足をとめた。

「誰なんですかね、あの侍」

「少なくとも桑木さまになにかしようっていう気はねえようだ」

侍と一言二言話していた又兵衛がうなずき、別の方向に歩きだす。

侍に導かれるようにして入ったのは、文之介もときおり行く森吉という蕎麦屋だ。又兵衛の中間が店の前に残された。

文之介たちは、森吉から十間《けん》ほどの距離を置いて立ちどまった。そこまで森吉のだしのにおいが漂ってくる。

「さすがにいいにおい、させてやがるな」

さっき団子を食べたばかりだが、蕎麦食いの文之介は食指が動いた。

「ここはつゆがいいんですよねえ」

「麺《めん》だって悪くねえぞ」

小麦がよくひかれた白めの蕎麦切りだ。

「入りますかい」

「いや、このまま待とう」

二人して斜向《はすむ》かいの酒屋の軒下《のきした》に移ってしばらくしたとき、ちがう侍が森吉に入っていった。身ごなしに洗練されたものを感じた。

「今の侍が桑木さまを呼びだしたのかもしれねえな」

「誰でしょうね」

「なんとなく見当がつく気もするが、桑木さまにきけばはっきりするだろう」

さほど待つことなく、又兵衛が出てきた。さっき暖簾をくぐっていった侍と一緒だ。

二人は別々の方向に歩きだした。侍のほうには、又兵衛を森吉に案内してきた侍がついた。供のようだ。

文之介は勇七とともに、中間を連れて歩く又兵衛に近づいた。

うしろから呼びかけると、又兵衛がびっくりしたように振り向いた。

「なんだ、文之介と勇七ではないか。もう帰ってきたのか」

「いえ、なにか手がかりがないかといったん戻ろうとしただけです。先ほどのお方はどなたです」

「見ていたのか」

又兵衛が再び歩きだす。

「文之介なら見当がつくだろう」

「脇坂家の御留守居役ですか」

「そうだ。苗木監物どのだ」

「なんのお話だったのです」

「ここではなんだ、なかで話そう」

すでに奉行所の前に来ていた。

勇七には大門のところで待ってもらい、文之介は又兵衛の用部屋に足を踏み入れた。

又兵衛が文机の前に腰をおろし、文之介は真ん前に正座した。

「監物どのをわしが呼びだしたわけではない。向こうからお役に立ちたいといってきた」

「はい」

「わしが監物どのにきいたのは、江戸家老村上采女の人となりだ」

「欲が深いらしいですね」

「知っているのか。妻に妾《めかけ》が二人。いずれも屋敷内で暮らしている。子供は一人だ。まだ七つの跡取りだという。この子も屋敷を出ることは滅多《めった》にない。おそくなって妾にようやくできた子供で、采女は溺愛《できあい》しているそうだ。

文之介は黙ってうなずいた。

「前の殿の采女に対する寵《ちよう》は、さほどではなかったそうだ。代替わりを機に、一気に勢力を盛り返そうと目論んでいるらしい。若い頃は相当、剣で鳴らしたらしい」

「剣ですか」

文之介は、自分でもなぜかわからなかったが、そのことに引っかかった。

「どうした、なにか気づいたか」

又兵衛がじっと見ている。その目に、期待らしい色が出ているのに文之介は気づいた。よし、その思いに応《こた》えてやろう。

「最初、采女は太田津兵衛どのに片桐屋を皆殺しにする役をやらせようとしました。しかし、津兵衛どのが会いに来もしなかったため、その代役に原田甚内を立てました」

「うむ」

「采女と甚内、この二人はどこで知り合ったのでしょう」

「つまりこういうことか。采女が剣の達人であり、甚内が道場破りを繰り返していたのなら、この二人が知り合ったのは道場しかない、ということだな」

「はい。采女が修行していた剣術道場がどこか、監物どのにきかれましたか」

「きいたぞ」

又兵衛が背筋をのばし、その道場の名を口にした。

松見《まつみ》道場といい、桜田伏見町《ふしみちょう》にあった。

「ここだな」

文之介はいきなり踏みこむような真似はせず、じっくりとなかの気配を嗅いだ。

竹刀の音や気合がきこえている。連子窓《れんじまど》から、稽古している者の姿が見えた。

町人らしいと思える者たちが大勢、稽古をしている。活気はある。

一目見て、これは遣えるという者はいないが、みんなが楽しそうにやっている。

楽しくやれればそれが一番ではないか、と文之介も思う。そうでないと長続きしない。

これだけ明るい道場に、あの原田甚内が関係しているというのは、にわかには信じがたい。

「旦那、どうですかい。甚内のやつ、いそうですかい」

「いねえようだ」

「だったら入ってみますか」

「そうしよう」

文之介と勇七は入口に立ち、訪いを入れた。

出てきた門人に、道場主に会いたいというとすぐに取り次いでくれた。

道場の奥に位置する部屋に通された。

すぐに道場主があらわれた。松見十四郎《じゅうしろう》と名乗り、背筋をのばして正座した。

意外に若く、まだ三十に届いていないのではないか、と思われた。

「原田甚内ですか」

呼び捨てにして十四郎は、苦い薬でも飲まされたような顔になった。

「この道場はいっとき、原田の鴨《かも》にされていたのですよ」

「鴨といいますと」

「それがしの父の代、この道場は隆盛でした。今も町人たちが来てくれて、そこそこはやっていますが、父の頃は手練《てだれ》と呼ばれる人がごろごろしており、この界隈で一目置かれる道場でした。それが、それがしに代わってからは落ち目になってしまいました。やはり、父と腕がちがいすぎますから。今は町人たちのおかげでやっていけています」

十四郎が一つ息を入れた。

「そんな道場ですので、甚内の格好の鴨にされたのですよ。やつは三度も道場破りにあらわれました。いつも金を渡して帰ってもらいましたが、それがしは門人たちに合わせる顔がなく、恥ずかしくてなりませんでした。でも、どうすることもできませんでした」

「それで」

「ある日、村上采女さまがあらわれました」

十四郎が采女の説明をしようとしたので、脇坂家の江戸家老であるのは知っています、と文之介は告げた。

「さようでしたか」

十四郎が喉をごくりと動かした。

「村上さまは若い頃、この道場で修行をされました。剣の達人といわれていたのをそれがしもきいていました。なつかしくて、久しぶりに剣の稽古に寄ってみたのだと申されました」

文之介は先をうながした。うしろで勇七は黙ってきき入っている。

「それがしはこれはいい機会とばかりに、原田甚内のことを村上さまに話しました。そのとき村上さまはきらりと瞳を光らせ、そんなに困っているのなら、みどもが退治してやろう、と請け合ってくださいました」

十四郎が咳払いする。

「甚内はほぼ二月に一度、道場破りに来ていました。当然、次もそのくらいだろうと思われました。そして本当に甚内はやってきました。やつがあらわれるやいなや、それがしは門人を村上さまのお屋敷に走らせました。村上さまは律儀《りちぎ》にやってきてくださいました」

「それから」

「村上さまは、甚内と竹刀を打ち合いはしませんでした。それがしは拍子《ひょうし》抜けしましたが、丸くおさめてくださいました。おかげでそれがしは金を払わずにすみました。村上さまは甚内と話をして、外に出てゆかれました。それが、それがしが甚内を見た最後です」

四

「甚内の野郎、だいたいこのあたりの道場に顔をだしているようだな」

木挽町一丁目の内田道場、木挽町七丁目の河上道場。

「徹底して捜してみますか」

「そうしよう」

一度、木挽町界隈は捜している。そのときは見つからなかったが、今回はちがうかもしれない。

甚内の人相書を手に、自身番だけでなく行きかう町人たちを片端にするようにきいていったが、甚内につながるような手がかりは見つからなかった。

「くそっ、いやがらねえな」

文之介は土を蹴りあげた。一陣の風が吹き、土煙《つちけむり》が霧《きり》のように消えてゆく。

「旦那、まだあきらめることはありませんよ。捜し続けていればきっと見つかりますよ」

勇七の言葉もあり、文之介はその後も甚内捜しに精をだした。

結局、見つからず、日暮れを迎えた。

この日は奉行所に帰るしかなかった。

翌日も早朝から木挽町にやってきて、あたりを徹底して捜した。裏長屋の店《たな》一つも見逃さなかった。

その日の午後の八つ頃には、木挽町や芝口新町、芝口一丁目、二葉《ふたば》町《ちょう》の近辺に原田甚内はいないのがはっきりした。

「やっぱりいやがらねえ」

文之介はふう、と大きく息を吐《つ》いた。

「勇七、もっと範囲を広げて捜してみるしかねえな」

勇七がなにか考えごとをしている。

「どうした、勇七」

「一つ気づいたんですけどね。原田甚内は河上道場や内田道場、松見道場だけでなく、いくつも道場破りをしてましたよね」

「これまで見つかったのは五つくらいか」

「道場はみんな、場所はばらばらですね」

「まあ、そうだな」

文之介は、勇七のいいたいことがわかってきた。

勇七が続ける。

「たとえば、道場破りをするために家を出るとき、今日は験《げん》がいいから東へ、今日は西にしようとか甚内は考えなかったんですかね」

「道場破りをされた道場の中心に、やつの隠れ家があるといいたいんだな」

「そうです」

文之介は頭に江戸の絵図を思い描いた。

「もう少し、道場破りをされた道場を捜さなきゃしぼれねえな」

「そうでしょうね」

「勇七、目のつけどころとしては最高だぞ。これで、やつの隠れ家がはっきりするかもしれねえ」

文之介は勇んで道場めぐりをはじめた。目についた道場、すべてを訪問してゆく。

午後一杯かけて、まわれた道場は八つだった。そのなかで、甚内に道場破りされたのは三つあった。

翌日も朝はやくから、文之介と勇七は道場をめぐり歩いた。

半日かけて、四つ見つかった。

「これだけあれば十分かな」

文之介は、奉行所から持ってきた絵図を広げた。

これまでの調べで、道場破りされた道場は木挽町や桜田伏見町以外には、麻布《あざぶ》や赤坂《あかさか》のほうに集中していた。

飯倉町《いいぐらまち》一丁目、飯倉町五丁目、麻布今井本村町《いまいほんむらちょう》、麻布御箪笥町《おたんすまち》、赤坂新町《しんまち》五丁目、赤坂田町《たまち》五丁目、源助町《げんすけちょう》などだ。

「これを見ると、明らかにこのあたりだけが道場破りをされてねえな」

文之介が指さしたところは、増上寺の裏に位置する町だった。

西久保葺手町《にしくぼふきでちょう》、西久保神谷町《かみやちょう》、西久保同朋町《どうぼうちょう》、西久保天徳寺門前町《てんとくじもんぜんちょう》、芝北新門前町、

芝富山町《とみやまちよう》、西久保車坂町《くるまざかちよう》、西久保新下谷町《しんしたやちよう》などだ。

大きな町は西久保葺手町などいくつかあるが、小さな町も多い。

これらの町にもいくつかの町道場があったが、甚内は道場破りをしていない。住みかに近い町だけに遠慮したのか。

それとも、あまり町人が多くない道場ばかりで、避けたのか。

これまでの調べで、甚内が道場破りをした道場は町人を主に教えているところが多かった。そういう道場なら与しやすし、と見たにちがいない。

「勇七、これだけしぼれれば、やつをふん縛るのも近いぞ」

「やつはこのうちのどこかの町にひそんでいるんですね」

「まずまちがいねえ。この前、やつを追いかけたとき、増上寺に逃げこんだだろう。あれも、このあたりの土地の事情に通じているからできた芸当じゃねえのか」

勇七は顔を紅潮させている。

「さっそく調べてみますかい」

「ここは応援を頼んだほうがいいだろうな。いったん奉行所に戻ろう」

「さいですかい」

「勇七、俺たちだけでやりたいのか。気持ちはよくわかるが、ここは万全を期したほうがいい」

「でも旦那、大勢で捜しまわって甚内が見つかったとしても、また網を破られちまうかもしれないですよ」

「そのあたりは桑木さまに申しあげるつもりだ。死ぬ覚悟のあるやつだけ、引き連れてきてくださいってな」

「旦那がそういうんなら、あっしはもうなにもいわないですけど」

文之介は奉行所に戻り、又兵衛に会った。

「よし文之介、わかった。今度こそ、へまは決して犯《さ》させぬ」

多数の人員を割いて、西久保葺手町などを徹底して捜すことが決定した。

五

文之介たちは家々を虱潰《しらみつぶ》しにした。

しかし、甚内の隠れ家と思えるところにはたどりつかない。

「旦那、ほかの人たちは見つけたんでしょうかね」

「呼子《よびこ》が聞こえねえからな、まだだな」

ぴりぴりぴりと呼子が鳴り響けば、いつでもその方向に駆けつける態勢は取っているのだが、その気配は一向にない。

文之介たちはほとんど飯も食わずに、甚内の姿を捜し求めた。

だが見つからず、あたりには夕暮れのはじまりというべき暗さがぽつりぽつりとあらわれはじめた。路地の奥や商家の軒下、大木の陰などに黒々とした影が横たわりだす。

「旦那、あっしはまるっきりの見当ちがいをやらかしちまったんじゃないですかね」

文之介は笑ってみせた。

「案ずるな、勇七。まちがいねえよ、この界隈に甚内は必ずいる」

「どうしてそこまでいえるんですかい」

「俺と勇七が一緒になって調べて、ここだって断じたからだ。あれだけ調べて、はずれなんてあるはずがねえ」

「でも旦那、もう調べてないところはないと思いますよ」

文之介は絵図を取りだした。

「葺手町、神谷町、同朋町、天徳寺門前町、芝北新門前町、芝富山町、車坂町、新下谷町か」

文之介たちが担当したのは、このうちの神谷町、同朋町、天徳寺門前町、芝富山町、芝北新門前町などだ。ほかにも青龍寺《せいりゅうじ》門前町や青龍寺門前町代地などがある。

「ほかの町ではまだ探索はすんでいねえだろう。そっちがうまくいくことを願うしかねえか」

文之介は絵図をたたもうとして、手をとめた。

「あれ、この町、見落としていたかな」

「どれです」

「ここだ」

絵図によると、町屋が切れている先にまだ町地がある。

「本当ですね。なんていう町なんですかい」

「青龍寺の懐に抱かれているようなところだから、ここも青龍寺門前町だろうな」

文之介には予感があった。それは勇七も同じようだ。

「よし、勇七、行くか」

「ええ」

本当に小さくてせまい町だ。町は芝切通《しばきりどおり》と呼ばれている道に面している。その道をたどってゆくと、増上寺の境内を突き抜ける形で東海道沿いの宇田川町《うだがわちよう》のほうに出られる。

「ここは、もともとこの青龍寺の境内ですね」

「ああ、町人に土地だけ貸しだして、あとから町地になった場所だ。今では、俺たちも堂々と足を踏み入れてもよくなった」

江戸には、こういうもとは寺社地だったところが数多い。

しかし、青龍寺門前町に原田甚内らしい者が住んでいる気配はなかった。

「でしたら、そっちじゃないですか」

長屋を調べたとき、一人の男が甚内の人相書を見ていった。

「そっちって」

「光円寺《こうえんじ》門前町ですよ」

「そんな町、あるのか」

「ありますよ。向かいです」

文之介は絵図を再び取りだした。

「ここですよ」

男が指さすところを見つめた。

「これか」

青龍寺門前町より、まだ小さな町だ。せいぜい、家が一軒しか建たないのではないだろうか。絵図では、細筆で線を引いたようにしか見えない。

文之介は勇七とともに道をまたいで、その町に入った。

光円寺近くに一軒家があるきりだ。寺の木々がせりだしているような林のなかで、物音一つしない静けさだ。

「甚内のやつ、ここにいるんですかね」

「踏みこむ前にきいてみるか」

「誰にですかい」

「あそこに辻番所がある」

「本当だ。でも、どうして辻番がこんなところにあるんですかね」

「あの大名屋敷が設けたんだろう」

文之介は辻番の先に、屋根だけ見えている武家屋敷を指した。

「あんなところにあるんですねえ」

「確か、大和《やまと》高取《たかとり》植村《うえむら》家の上屋敷じゃなかったかな」

「あっしもそう思います。二万五千石でしたかね」

文之介は辻番所に近づき、辻番のじいさんに声をかけた。

「ああ、このお侍なら何度か顔を見たことがあるよ。名は知らないけれど、そこの家に一人で住んでるよ」

甚内の人相書を一目見てじいさんが辻番所から身を乗りだし、一軒家を手で示した。

「ありがとう」

「そのお侍、なにかしでかしたのかい」

「うん、ずいぶんとひどいことをしてのけたんだ」

「ほう、どんなことを」

「そのうちわかるよ。あまり楽しみにはできねえことだけど」

文之介は勇七をうながして、辻番所を離れた。

家を所有しているのが誰かはわからない。まさか甚内ではないだろうか。だが、それだけの金があるものなのか。

文之介は家に近づき、気配を探った。

「いますか」

勇七が小声できく。

「いないような気がする」

しかし、あの遣い手がなかで待ち構えているかもしれない。そう思うと、胸が痛くなるほどだった。

お春、守ってくれ。

「応援を呼びますかい。近くにいますよ」

「いや、呼んだところでこの前と同じような気がする。俺が突っこむ」

「あっしも行きますよ」

文之介は勇七を見た。駄目だといっても、この頑固そうな顔ではまちがいなくついてくるだろう。

「頼む。危なくなったら、投げ縄で助けてくれ」

「承知しました」

「よし勇七、行くぞ」

文之介は腰の長脇差を引き抜き、戸口の前に立った。


落ち着かんな。

天井を見つめながら、甚内は独《ひと》りごちた。

どうも、まわりの気配が妙にあわただしいのだ。これまで凪《な》いでいた海が急に風が吹いて、波立ってきたような感じだ。

どうやら、と甚内は思った。捕り手の網が近づきつつあるようだ。

一日はやかったか。

甚内は明日の夜、村上采女を殺すつもりだった。勘では、明日は雨になりそうだからだ。

だが、そこまで待つ余裕はなさそうだ。

調べたのは、あの同心だろうな。

人なつこそうな顔つきでいかにもやさしげだが、剣もかなり遣えるし、意外に巡りのよい頭の持ち主なのだろう。

あの同心がやってくるとなると、少し厄介《やっかい》なことになりそうだ。

今からでもよかろう。行くか。

甚内は立ちあがり、手ばやく身支度《みじたく》した。少し体に重さを覚えたが、芯が一本通った気分だ。戦いを前にした侍の心境になった。

刀を腰にこじ入れる。

目の前に父の位牌《いはい》がある。手を合わせようとしたが、不意に怒りがこみあげ、横に払いのけた。

軽い音を立てて、位牌が畳に転がる。

――仕官しろ。必ず仕官するのだ。

それが病に冒《おか》された父の最期《さいご》の言葉だった。

村上采女にだまされたおのれが甘いのだろうが、父の遺言を忠実に守ろうとした自分も今となれば腹立たしい。

もし父の遺言がなかったら、と甚内は詮《せん》ないことを考えた。きっと町道場をひらくなりしていたはずだ。

俺は人よりはるかに強く生まれついた。それなのに仕官はかなわない。

俺なんかよりずっと弱い者が大名家や旗本家に仕え、自分たちこそが本物の侍とばかりにふんぞり返っている。浪人と見れば、常に見くだす連中だ。

これまでずっと苛立《いらだ》ち、情けなさが入り混じった人生だった。

強く生まれついたのが、果たして俺にとって幸せだったのか。

家を出ようとして、立ちどまる。

この家は父が遺《のこ》してくれたといっていい。父は手習師匠としてこつこつ金を貯め、手習所を買い取った。父が死んだあと甚内は手習所を売り払い、この家を買ったのだ。なかなか居心地のいい家だった。なにより家が一軒しかなく、静かだったのをとても気に入っていた。

もう二度と戻ることがないかもしれぬ。一抹の寂しさが胸をよぎってゆく。

位牌をもとに戻しておこうか。

いや、かまわぬ。

甚内は外の気配をうかがった。静かに戸をあける。

戸を蹴破《けやぶ》った。

横倒しになった戸を踏み越える。なかは暗い。

文之介は緊張が解けた。人けはまったくない。

勇七が小田原提灯をつけた。

頼りない明かりだが、家のなかを照らすには十分だ。

やはり家は無人だった。もぬけの殻《から》といっていい。

家はそんなに広くはない。二間に台所といったところだ。

「いませんね」

「ああ」

文之介は長脇差を鞘におさめ、土間から部屋にあがった。

位牌が畳に落ちている。

誰のものか。拾いあげた。

「勇七、提灯を頼む」

勇七が寄ってきた。

法名からして、男のものであるのはまちがいない。

「甚内の父親ですかね」

「俺もそう思う」

それだったら、大事な物ではないのか。どうしてこんなところに転がっているのか。

家財はあまりない。布団が部屋の隅にたたまれている。行灯に、つかわれていない火《ひ》鉢《ばち》。

土間と一続きになっている台所には、かまどがあり、釜がのっている。かまどには最近、薪《たきぎ》が燃やされたような形跡はない。

「はなからいなかったんですかね」

「いや、さっきまでいたんだ」

文之介には、やつのにおいが残っているような気がしている。

「じゃあ、あっしたちの気配に気づいて逃げたんですかい」

いや、と文之介はいって無人の家を見渡した。

「やつは、あたりに満ちている捕り手の気配を察して去ったんだ」

「そうなんですかい」

「ああ。だが、今はそんなことを考えている場合じゃねえな」

「ええ、甚内はどこに行ったんでしょうね」

「勇七、思い当たる場所は一つだな」

勇七が首を縦に動かす。

「よし、行こう」

文之介と勇七は甚内の家を飛び出て、道を転がるような勢いで駆けだした。

六

まるで駿馬《しゅんめ》に乗っているかのようだ。

走りながら、甚内はそんな感じを胸に抱いている。

自分の足がこんなにはやいとは思っていなかった。もう膝の傷もほとんど治っている。

足のはやさに気づいたのは、この前、町方役人に追われ、舟に乗り移ったときだ。

それまで、あれだけ走ったことは一度もなかった。

そんなことを考えながらひたすら駆け続けているうち、すっかり日が沈んだ。あたりは闇の世になっている。道を行きかう町人は多いが、ほとんどの者が甚内に気づくことはない。

甚内は、自分が忍びの者にでもなったような気分になった。

風のように走って、村上屋敷のそばまで来た。

一応、町方が張っていないか、あたりの気配を探る。

誰もいない。うしろを振り返る。ついてきている者もいない。

あの同心は今どうしているか。あの家はもう捜し当てただろうか。

それはまちがいないだろう。

今頃、俺がどこにいるか考え、必死に走っているかもしれない。

となると、あまりときはない。急がねばならぬ。

甚内は村上屋敷の裏手にまわった。いかめしい塀が見おろしている。

しかし、こんなのはなんの脅しにもならない。

甚内は塀に手をかけた。ぐっと腕に力をこめ、体を持ちあげる。

塀の上に体がのった。腹這《はらば》った姿勢のまま乗り越えた。

静かなものだ。誰も俺には気づいていない。それだけの遣い手がこの屋敷にはいないということだ。

甚内は刀を抜いた。

よし、やるぞ。村上采女の首を取ってやる。

今いるのは、ふつうに歩いた。足音を立てぬようにとかはまったく考えない。

甚内はふつうに歩いた。母屋の裏手だ。

というのは、屋敷の奥のほうだ。やつの妻や子供が暮らしている場ということになる。

そいつらも殺すか。片桐屋では女子供も容赦《ようしゃ》なく殺してのけたのだから、そうしてやらないと、片落ちだろう。

しかしそれは采女を屠ってからだ。とにかくやつを逃がすわけにはいかない。

甚内はずんずんと進んで、台所と思える場所の裏に出た。戸に手をかけたが、心張り棒がかかっている。

かまうことはない。甚内は蹴り倒した。

戸が二つに割れる音が響いた。甚内はなかに入りこんだ。

目はすっかり暗闇に慣れている。

甚内は土間から畳にあがった。

戸が倒れた音に気づいた家臣が二名、走り寄ってきた。手燭《てしょく》を持っている。

手燭のわびしい灯が甚内の影を浮かびあがらせる。二人がぎょっとした。

「何者っ」

「わかるだろ」

甚内は刀を一閃《いっせん》させた。

悲鳴をあげる間もなく手燭を持っていた一人が土間に転げ落ちた。胸の傷からおびただしい血が流れだしている。すでに息はない。

もう一人が、わあ、と叫んできびすを返そうとした。甚内は刀を背中に振りおろした。着物がぱっくりときれいに二つになった。肉が盛りあがり、血が噴きだしてきた。血の噴出に押されたかのように家臣がうつぶせに倒れこんだ。

甚内は、家臣が走っていこうとした方向に足を踏みだした。

命を惜しんだわけではない。俺のことを采女に知らせようとしたのだろう。

屋敷内が騒がしくなりつつある。ようやく侵入者に気づいたのだ。

しかし、今この俺がどこにいるかわかっている者は一人としていない。
四、五名の家臣が廊下を走ってゆく。
「いたぞ、あそこだ」

甚内に向かって駆けてきた。いずれも抜刀している。

こいつらは、と甚内は思った。俺に勝てると思っているのか。

五名だ。甚内を取り囲み、剣尖を向けてくる。

有利な態勢をつくっているのに、家臣たちはかかってこない。

俺の腕を知っているのだ。

それならばこちらから行くまでだ。

甚内は足を踏みだしざま刀を横に振った。

これはよけられたが、すぐに上段から落としていった刀はものの見事に家臣の頭を二つに割った。

血の筋を引いて家臣がのけぞるように背中から倒れてゆく。

それで我に返ったように、家臣たちが刀を次々に振ってきた。

甚内は楽々と払いのけ、斬撃《ざんげき》を繰りだした。

手応えはあまりなかったが、刀を振るたびに悲鳴がきこえ、それが四度響いたあと、立ちはだかる者はいなくなった。

甚内は前に進んだ。

今度は八名の家臣がやってきた。

甚内がじろりと見ると、八名はひるんだ顔つきになった。

「別にきさまらの命がほしいわけではない。命が惜しいやつは消えろ」

それでも八名が動くことはなかった。

「意外に家臣に慕われているんだな」

甚内は無造作に足を踏みだした。

家臣の壁が下がる。

「それでも侍か。やる気がないんだったら、失《う》せろ」

甚内が口にすると、一人が怒ったように斬りかかってきた。

だが残念ながら胴が隙だらけだ。甚内はすっと刀を横に払った。

家臣は襖に突っこみ、しばらくうめいていたが唐突《とうとつ》に事切れた。

さらに一人が突進してきた。いきなり突いてくる。

甚内は軽く首を振っただけでよけ、草を刈るように刀を振るった。胴を切り裂かれた家臣は横転し、自らの血だまりに顔を突っこんで動かなくなった。

三人目は背後からかかってきた。その気配をさとっていた甚内は体をひねって斬撃をかわしざま、上段から打ちおろした。

岩を叩いたような手応えがあり、家臣の顔から目玉が飛び出た。額が真っ二つになり、そこから脳味噌が血とともに噴きだす。家臣は三歩ばかりよろけて進んだあと、倒れ伏した。

四人目が刀を逆胴に振ってきた。甚内は打ち返し、家臣がたたらを踏みかけたところを一気に間合をつめ、刀を胸に突き通した。

引き抜くと、それにつられたように家臣は畳に倒れこんだ。激しい音が鳴り、血しぶきも同時に舞った。

五人目が甲高い叫び声とともに袈裟《けさ》斬りを見舞ってきた。甚内は横に動いてあっさりとかわし、家臣が向き直ろうとしたところを胴に刀を振り抜いた。

家臣の腰のあたりが、鋸《のこぎり》で切られた丸太のようにずれた。家臣は立っていられず、足をふらつかせたあと、ああ、と喉の奥から絶望の声を発して倒れていった。

残りの三名はさすがに蒼白《そうはく》になっている。かかってくる気配はない。

甚内としてもあまりときはかけたくない。下手すれば、こいつらにかかずらっているあいだに采女に逃げられてしまう。

来ないのならこっちからだ。甚内はつぶやき、畳を強く蹴って突っこんだ。

突っこまれた家臣があわてて刀を振りおろしてくる。甚内が鋭く打ち返すと、家臣の両手が力なくはねあがった。

甚内は腰を落とし、存分に刀を袈裟に振りおろした。左肩から右の腰近くまで切り裂かれた家臣は尻餅《しりもち》をついた。板が倒れるように背中からばたりと倒れた。

これで六人、と甚内はつぶやいた。

上段から振りおろしてきた七人目の刀を体勢を低くしてよけ、逆胴に刀を振った。

腹を斬られた家臣は苦しげに腰を折り、両膝を畳について前のめりに倒れた。赤子のように丸まり、しばらく泣き叫んでいたが、その声もすぐに途絶えた。

最後の家臣は上段から刀を振ってきた。目がつりあがり、悲壮さが漂っている。無駄と知りつつも、しかし奇跡が起きてくれるのを願っての斬撃だった。

奇跡は起きず、刀は甚内にかすることすらなかった。

家臣があわてて刀を引き戻す。だがその前に、甚内は胸に刀を突き刺していた。

家臣はまだそのことに気づいていない。刀を振りあげようとした。

だが腕はまったく動かない。串刺しも同然で、体が自由にならないのだ。

はっと気づく。ああ。おもちゃを取りあげられた子供のような声をだす。刀を抜かないでくれ、といいたげな顔をしている。

「すまぬな」

甚内はすっと下がった。同時に刀を引き抜く。

血が一気に噴き出てきた。血など浴びたくなく、甚内は横によけた。歩きだす。

背後で家臣が畳に突っ伏す。

これで、さえぎる者はすべて殺した。

やつはどこだ。

家臣を見殺しに、逃げだしたことも十分に考えられる。

「村上采女っ」

甚内は叫んだ。

「出てこい。さもなくば、妻や子供を殺す。脅しではないぞ」

甚内は血で染まった刀身を手に、屋敷内を歩いた。

「采女、姿をあらわせ」

しかし采女は出てこない。

「よし、きさまの心のうちはよくわかった。奥に行く」

甚内は左手に方向を変えた。

どうりゃあ。いきなり殺気が盛りあがるや、右側の襖を突き破って刀が突きだされた。

甚内は体をひねってよけ、逆に刀を突き通した。

手応えはなかった。すぐに刀を引き戻す。

襖の向こうに采女はいる。甚内は気配をじっとうかがった。

采女が横に動いたのがわかった。また刀が突きだされた。

甚内は姿勢を低くしてそれをかわし、ややおくれて刀を襖に突き入れた。

今度は肉を突いた手応えがあった。げふっ、と声がし、血でも吐いたような音が続いた。采女が体をよろけさせたか、襖がたわんだ。

甚内はそれにめがけて、刀を袈裟に振った。

襖もろとも采女の着物が切れた。采女は襖に巻きつくようにして、畳に倒れた。

おびただしい血が襖を染めてゆく。暗さのなかで、それはどす黒かった。

「終わったな」

甚内は声にだしてつぶやいた。

やはり采女はたいしたことはなかった。達人という触れこみで、若い頃はそうだったのかもしれないが、今は面影すらない。

表門に向かう。くぐり戸の閂《かんぬき》をはずし、戸をあけた。静かに外に出る。

提灯の明かりが当てられた。気配はしていたから、甚内に驚きはない。

目の前にいるのは、あの若い同心だ。鋭い目をしている。

そういう目はあまり似合わぬな、と甚内は思った。

同心に影のように寄り添う中間がいる。二人の強い絆を感じさせた。

むっ。甚内は押されたようにあとじさった。

もし俺に友がいたら……。

七

おそかったか。

文之介は、おびただしい返り血を浴びて悪鬼のように見える甚内に目をみはらざるを得なかった。

いったい何人殺したのか。采女は無事なのか。いや、それだったら甚内は外に出てこないだろう。

目的はなし遂げたのだ。

「おとなしく縛《ちぬ》につけ」

真っ赤に血塗られている抜き身を手に、甚内が笑う。

「とらえたいならとらえろ。だが俺は刃向《はむ》かわしてもらう」

本気でいっている。

「やむを得んな」

文之介は長脇差を抜いた。

「旦那……」

文之介は勇七に笑ってみせた。

「そんな情けねえ声、だすんじゃねえよ。まかしておけって」

「ほう、なめた口、きくじゃねえか」

甚内は、瞳に血のような色をたたえている。

「勇七、下がってろ。でも危なくなったら、頼むな」

ささやくと勇七がうなずき、背後の武家屋敷の塀に背中をつけるようにした。

「行くぜっ」

咆哮《ほうこう》するように叫び、甚内が突っこんできた。刀が振りおろされる。文之介は一瞬、刀が見えなかった。

これは夜だから、というのは関係なかった。それほどはやい斬撃だった。

文之介はかろうじて弾いた。鉄《かね》が当たり合った鋭い音が耳を打つ。

甚内がまたも袈裟斬りを見舞ってきた。文之介はこれも打ち返した。

同時に長脇差を胴に持ってゆく。甚内が横にまわり、上段から打ちおろしてくる。

文之介は左に動いて、逆胴を狙った。それははね返され、突きがきた。

文之介はかいくぐってかわし、再び長脇差を薙《な》いだ。甚内が足さばきだけでよけてみせる。

文之介は間合をつめ、袈裟に振った。これを甚内は受けとめた。

鍔迫《つばぜ》り合いになりかけたが、甚内が先に離れた。文之介は離れ際を狙って長脇差を振

った が、甚内に届かなかった。

甚内が間を置く。文之介も息を入れ直した。はやくも肩で息をしているのに気づく。

さすがに遣えるな、と文之介は思った。しかしなんとかしないといけない。斬撃のはやさでは、認めたくはないが、甚内のほうが明らかにまさっている。

それは甚内もわかっているだろう。

甚内が腰を沈めた。剣尖がつと揺れる。一気に前に出てきた。

どうりゃあ。すさまじい気合とともに刀を振りおろしてきた。

文之介はまともに受けとめた。腕にしびれが走る。膝ががくんと折れそうになった。

なんて力だ。

甚内は屋敷内で相当の人数を相手に戦ってきたはずなのに、疲れなどまったく見せていない。

文之介はこれまで何人もの遣い手を相手にしてきたが、刀のはやさと重さがこれまでの相手とは一段ちがう。まさかここまですごいとは。

こんなのが浪人でいるなんて、信じられない。これだけの腕があればどこかの大名家の剣術指南役など、楽々つとまるだろうに。

文之介は侍の理不尽さを感じた。甚内に憐《あわ》れみすら覚える。

甚内が不意に、刀をとめた。

「なんだ、その目は」

文之介はなにもいわない。ただじっと甚内を見ているだけだ。

「きさま、俺のことを憐れんでいるのか。許さんぞ」

甚内が怒り狂う。

「死ねっ」

刀が真っ向から落ちてきた。さらにはやさを増している。

怒った以上、腕や肩に力が入る。力めば斬撃のはやさは落ちるはずだが、甚内はちがった。

文之介はなんとか打ち返した。次々に襲ってくる胴や逆胴、袈裟斬りなどをほとんど勘で弾き続けた。

突きが浴びせられる。文之介には仕掛けてくる甚内の動きが見えず、肩先をかすられた。

痛え。文之介は心でうめき声をあげた。

さらに胴に刀が振られ、それを打ち払う。また突きがきた。

これも甚内の動きが見えなかった。今度も肩をかすられた。

ちっ。文之介は舌打ちすることで痛みに耐えた。まだたいしたことはないが、これが続けばいずれ体から力が奪われるのはまちがいない。

なんとか防がなければ。

しかし甚内の突きは、動きが小さくてまったくわからない。蜂《はち》が刺してゆくような感じだ。

また二度、三度打ち合ったのち、計ったように突きがきた。

文之介はこれもよけ損ねた。今度は少し肩より下に入った。痛みが脳天を突き抜ける。

これは本当に死ぬな、と文之介は思った。

それでも、あきらめるような真似はしない。俺にはお春がついているんだから。

それにしても、あの突きをなんとかしなければならない。

さもなければ、本当に死が待っている。

文之介は甚内の攻撃に必死に耐えながら、どうすればいい、と考え続けた。

なにかないか。この態勢を覆せる妙手《みょうしゅ》は。

考えろ。また突きがやってきた。

文之介は勘でかわそうとしたが、やはりおくれた。またも肩をかすられた。

その痛みで、不意に思いついた。太田津兵衛の顔が浮かぶ。

あれはつかえないか。

文之介の体は重くなってきていた。これは少しずつ血が奪われているからだろう。

なんとか攻勢に出なければならない。手段を思いついただけではどうにもならない。

しかし甚内の攻撃ははやすぎて、文之介がつけ入る隙はない。

いや、唯一あるか。

文之介はその瞬間を待つことにした。しかし、怖かった。強烈な痛みを味わうことになるだろうから。

胴、逆胴、袈裟と連続技が繰りだされた。文之介はなんとか応対した。

再び胴、逆胴、袈裟と刀が振られた。これも文之介は受けとめた。

胴、逆胴ときたところで突きが見舞われた。

文之介はいつきてもいいように身構えていた。完全によけられず、突きはまたも左肩をかすめていった。

母上っ、と大声をだしたくなるような激痛だった。

しかし、この機を逃すわけにはいかなかった。文之介は痛みに耐えて、刀を上段から打ちおろした。

おっ、という顔で甚内がよける。余裕のある表情だ。先ほどまでの怒りは、飲みこみでもしたかのように消えている。

文之介はまた上段から長脇差を振った。これも甚内は軽やかにかわした。

文之介はもう一度、上段から長脇差を落としていった。これに食いついてくれ、と祈りながら。

その祈りは通じた。間合を見切って甚内が前に出てきた。

文之介はそれを待っていた。いったん振りおろした長脇差を手元に引き寄せることなく、下段から振りあげた。

ぴっと音がした。肌《はだ》が裂けた音だ。

あっ、と甚内が声を発する。

文之介が見ると、甚内の顎《あご》のところから血がしたたっている。刃引きの長脇差といっても、切れるときは切れる。

「おのれっ」

甚内が踏みこもうとする。そこを制するように文之介は下段から長脇差を振りだした。

これはよけたが、甚内の足がかすかに流れた。文之介は逃さず、小さな動きでの突きを入れた。

甚内は避けきれなかった。左肩の下に長脇差は吸いこまれる。

しかし、なにかかたい物に剣尖が当たった。

なんだ。長脇差を引き戻して、文之介は戸惑った。

甚内がにやりと笑う。顎の血はとまっておらず、凄惨な笑いだ。

「鎖帷子だよ。おまえら、捕物のときつけるそうじゃねえか。今宵《こよい》はどうやらつけていねえみてえだが」

甚内が顎の傷に指先で触れる。

「下段からの斬撃には少々脅かされたぞ。まさか、上段からの斬撃を餌にしているとは思わなかった。戦っているときって、意外に下からの攻撃は見えにくいものな。よく工夫したものだ」

甚内が土を踏み締める。

「だがこれで最後だ」

甚内が八双《はっそう》に構えた。その姿勢で前に進んでくる。

文之介は待ち構えた。

刀が袈裟に振られた。

それを受けとめたが、いきなり長脇差が巻き取られそうになった。

この野郎、こんな技まで持ってやがんのか。

文之介は手に力をこめ、長脇差をもっていかれないようにした。だが体がのびた。

そこを狙われた。胴に刀が払われる。

文之介はかろうじて下がることでかわしたが、着物をかすられた。

腹はやられたくない。やられたら手の施《ほどこ》しようがないのだ。

切れてねえだろうな。文之介は脂汗《あぶらあせ》が出てきた。痛みはないから、刃は肌まで届かなかったのだろう。

しかし厄介な剣を持ってやがる。

文之介の眼差しの先に、八双に構えた甚内の姿がある。

はあ、はあ、と文之介は息がひどく荒くなっている。

どうすればいい。

腹を決めた。来やがれっ。

甚内が滑るように走る。足音がまったくしない。今にも刀を振ろうとしていた。

文之介はぎりぎりまで待って、長脇差を片手で投げつけた。

甚内は驚いたものの、下に叩き落とした。ぎん、という音を残して長脇差が地面を転がる。

甚内に隙が見えている。

「勇七っ」

闇のなかを、つぶてのような物が横切ってゆく。ばしっという音とともに甚内の右腕に捕縄《とりなわ》が絡みついた。

文之介は体を投げだすようにして地面の長脇差を手にし、すばやく立ちあがった。

「おのれっ」

甚内は自由のきかない右手から左手に刀を移し、片手で振ってきた。

しかしこれまでの鋭さはない。無造作によけた文之介に容赦《ようしゃ》するつもりはなかった。

だが、殺すつもりもない。長脇差を胴に打ちこんだ。鎖帷子越しでも、きかないはずがない。

ぐふっ、と声がして甚内がよろける。文之介は背中に長脇差を見舞った。

背をのけぞらせて、甚内が苦しげな声を漏らす。それでも、まだ刀を振りあげようとした。

文之介は長脇差で、甚内の手元を打った。くっ、と歯を食いしばるような声をだしたが、甚内の手から刀がこぼれ落ちた。

文之介は、さらに肩先に長脇差を打ちおろした。肩の骨に当たったらしい鈍い音がし、甚内が力尽きたように地面に倒れこみそうになる。

だが、勇七の捕縄がぴんと張られているために倒れない。

甚内は両膝を地面についた。もう反撃しようとする気力は残っていないようだ。

文之介は足許《あしもと》の刀を蹴り飛ばした。地面を転がった刀は三、四度石に当たってはねたのち、動きをとめた。

文之介は勇七を振り返った。

「勇七、縄を打ちな」

「へい」

勇七が久しぶりに飼い主にめぐり合った犬のように元気よく飛びだしてきて、甚内を縄でぐるぐる巻きにした。

もうどうすることもできなくなったのを認めて、甚内が力なくうなだれる。

「お見事でした」

勇七が笑顔を弾けさせる。

「いや、勇七の助けがなかったら、どうなってたかわからねえ」

そう口にした途端、文之介はふらりとした。勇七が、大丈夫ですかい、とあわてて支える。

「ありがとよ、勇七」

文之介は吐息《といき》とともに無理に笑顔を見せた。笑っていないと、気絶しそうなくらい疲れ果てている。

八

「おまえさん、なかなか頑丈《がんじょう》になったではないか」

屋敷に医師の寿庵《じゅあん》が来て、だいぶふさがってきた左肩の傷の手当をしてくれた。

「これだけやられても、あまり体には響いていない。しかし、相手は相当の遣い手だったのじゃろう」

「ええ」

「しかし、おまえさん、片桐屋さんを皆殺しにした下手人をとらえたのだから、たいしたものだ。丈右衛門さん、ほめてくれただろう」

「はい」

「なんだ、あまりうれしそうではないな」

「父上にほめられたことは、素直にうれしいですよ」

「じゃあ、なにが不満なんだ」

「不満というより、とめられなかったものですから」

「とめられなかった。なにを」

手際よく毒消しをし、膏薬を塗りながら寿庵がきく。

「村上家の屋敷で大勢の侍が死んだんですよ。その者たちを思うと、手放しでは喜べないんです」

「村上家というと、采女とかいう江戸家老の屋敷のことだな」

「ええ、そうです。詳しいですね」

村上采女が殺されたのは自業自得といえないこともないのだろうが、もし甚内の居どころを文之介たちがもっとはやく見つけていたら、村上屋敷の者は死なずにすんだのではないか。あるいは、甚内を捜さず、ずっと村上屋敷を張っているほうがよかったのではあるまいか。

「そこも皆殺しに遭《あ》ったそうではないか」

「その通りです」

「それも、原田甚内という浪人の仕業なんだな」

「はい」

「それをとめられなかったというのか。原田甚内というのは、いったい何人を手にかけたんだ」

「さあ、死んだ者には申し訳ないのですが、正しい人数はそれがしもわかりません」

「すごい話だな」

最後にていねいに晒しを巻いて、寿庵は帰っていった。

寿庵を門のところで見送った丈右衛門が居間に戻ってきた。

「文之介、あまり深く考えるな。次に活かすしかないんだ」

その通りだ。それしか自分にできることはない。

「ところで、脇坂家はどうなるんだ」

「桑木さまからきいておられませんか」

「ああ。教えてくれ」

「お咎《とが》めなしです。村上采女の使嗾で片桐屋が皆殺しにされたのは紛れもないですが、采女は死にましたし。すでに仕置《しおき》を受けたも同然ということのようです」

「そうか。そいつは家中の者にとってはいい話だな」

「でも、これから若い殿さまのお手並み拝見といったところですね。派閥争いをどれだけ抑えられるか」

「文之介はその若い殿さまを買っているんだろう」

「ええ。江戸留守居役に桑木さまにいろいろと教えるように命じたところなど、かなりいい線をいっているように思います」

「そいつはわしも同感だ」

丈右衛門が笑顔でうなずく。

「まあ、今回はよくやったな」

傷を案じて軽く肩を叩いてきた。

「ありがとうございます」

「文之介、腹が空かぬか」

「はい、空腹です」

「稲荷寿司がある。飽きたか」

「いえ、そんなことはありません」

その声を合図にしたかのように、信太郎をおんぶしたさくらが大皿を運んできた。皿の上には稲荷寿司が一杯に並んでいる。

「うまそうですね」

文之介は手をのばそうとした。

「文之介さま、先にお手を洗ってきてください」

文之介は立ち、庭の井戸で手を洗った。

急いで居間に戻る。孝蔵も台所からやってきていた。

「また食べくらべればいいのか」

「はい、お願いします」

さくらが深く顎を引く。

「右側が私のつくったもので、左側が孝蔵さんのものです」

「よしきた」

文之介は、まずさくらのからつまんだ。

「うまい。こいつはすごいな」

「本当ですか」

「ああ、すごい上達ぶりだ」

信じられない。これは孝蔵のつくるのとまったく同じ味がする。

「こっちのが孝蔵のつくったのなんだよな」

確認のために、文之介は左側の稲荷寿司を指した。

「ええ、そうです」

さくらがうなずく。

文之介は手をのばし、孝蔵の稲荷寿司を食べた。うまさが口中に見事に広がってゆく。

「こっちもさすがの出来映《できば》えだ。これじゃあ、どちらがうまいっていえねえや」

「文之介、それは当然だ」

丈右衛門が指摘する。

「どうしてです」

「その皿の稲荷は、すべて二人が力を合わせてつくったものだからだ」

「えっ、そうなのか」

文之介は孝蔵に確かめた。

「ええ、そうなんです。すみません」

「謝らずともいいけど、どうしてそんなことをしたんだ」

「それはですね」

さくらが答える。

「私、孝蔵さんの屋台を手伝うことにしたんです。それで、孝蔵さんと私と一緒につくったものが売り物になるかどうか、確かめてもらったんです」

「そうだったのか。孝蔵がつくったほうがうまい、なんていわずによかったよ」

丈右衛門が柔和な笑みを浮かべる。

「わしも、そういうんじゃないかと思って、はらはらしていた」

「でも、屋台を再びはじめる気になったんだな。よかったなあ」

「はい、いつまでもめそめそしていても、死んだ二人が帰ってくるわけではありませんし、きっとそんなあっしの姿を見ても喜ばないでしょうから。これからもおいしい稲荷寿司をつくり続けてゆくことで、きっと二人は喜んでくれるものと思えるようになりました」

「そうか」

よかったなあ、と文之介は涙が出そうになった。

「本当にありがとうございます。これも丈右衛門さま、文之介さまのおかげです」

「孝蔵、そいつはちがうぞ」

丈右衛門が否定し、さくらに目を当てる。

孝蔵が照れたようにさくらを見た。さくらがじっと見返す。

胸があたたまるような、ほほえましい光景だった。

「これから家に戻ります」

文之介が稲荷寿司を食べ終えてしばらくしたとき、孝蔵がいった。

「いろいろお世話になりました」

「そうか。いろいろあったが、がんばってくれ。屋台をはじめたら、また食いに行くからな」

文之介は孝蔵の肩を叩いた。

「ええ、お待ちしています」

「わしも必ず行く」

「はい、よろしくお願いします」

文之介たちは門のところに出た。信太郎をおぶったさくらも一緒だ。

「では、これで。失礼いたします」

孝蔵が一人で歩きだした。それまで寝ていた信太郎が目覚め、急に泣きだした。

さくらがあやしても泣きやまない。孝蔵が戻ってきてあやすと、信太郎は泣きやんだ。

「すみません」

さくらが頭を下げる。

「では、これで」

途端に信太郎がまた泣きだした。

「信太郎は行くなっていっているようだな」

丈右衛門が孝蔵に笑いかける。

「いえ、そんなこともないんでしょうけど」

孝蔵があやした。また信太郎は泣きやんだ。

それが何度か繰り返される。

「さくらちゃん、孝蔵を家まで送ってやってくれないか」

丈右衛門が頼む。

「承知いたしました」

さくらはむしろうれしそうだ。

「では、行ってまいります」

「ああ、よろしく頼む」

さくらと孝蔵の姿が遠ざかってゆく。

「夫婦みたいですね」

「まったくだな」

丈右衛門が文之介に笑いかけてくる。

「うらやましいか」

「ええ」

文之介は丈右衛門を見返した。

「父上はどうなんです」

「うらやましいさ」

そういう丈右衛門の顔には余裕がある。やはりお知佳とうまくいっているのだろう。

文之介は父もうらやましかった。

その翌日の夜、文之介は津兵衛と一緒に食事をした。

場所は煮売り酒屋の江木だ。いい酒をそろえているから本当は飲みたかったが、傷に障《さわ》るということであきらめた。

「村上采女の死で、上屋敷は落ち着きを取り戻すはずだ。国元の騒ぎも、そのうちおさまるにちがいあるまい」

「そうですか」

文之介は鯖《さば》の煮つけを箸でつまみ、身を口に運んだ。甘い脂が一杯に広がる。

「原田甚内はどうなった」

津兵衛がきく。

「死罪が決まりました。いずれ刑に処せられるはずです」

文之介はたくあんを茶碗《ちゃわん》にのせ、飯を食った。

「太田どのはどうするんです」

「どうするって」

「再仕官はしないのですか」

「そいつは無理だな。わしが放逐されたのは、村上采女とはなんの関係もない。酒に酔って大きな騒ぎを引き起こしたからだ」

「未練はないのですか」

「もうな。やはり自由なこの暮らしは何物にも代えがたい」

本心でいっているように思えた。


津兵衛とわかれて、文之介は帰路についた。

ほろ酔い加減みたいにいい気分だった。

しかし、とすぐに思った。

「嘉三郎を見つけなきゃな」

あいつを野放しにしておくと、とんでもなく悪いことが起きそうな予感がないわけではない。

そんなことになる前に、捕縛しなければならない。

しかしどこに紛れこんだのか、嘉三郎の消息はまったくつかめない。

明日からがんばって、きっとひっとらえてやるさ。

文之介は立ちどまり、提灯を掲げた。目の前に光の輪ができる。

そこにお春の面影を思い浮かべた。会いたくてならない。

これから会いに行こうかな。

なにしろずっと顔を見ていないのだ。

酒は入っていないが、この酔ったような勢いならきっと好きだといえる。

文之介は方向を転じた。

三増屋が近づくにつれ、文之介はどきどきしてきた。

胸が苦しい。

三増屋まであと一町ほどというとき、背後で足音をきいた。文之介には予感があった。

案の定《じょう》、近づいてきたのはお克だった。一人だ。

さらにやせたようで、文之介の提灯の光を浴びているお克は恐ろしいほどにきれいに見えた。

文之介はごくりと喉を鳴らした。

「どうした、こんな刻限に」

お克は答えなかった。

「文之介さま、三増屋さんに行かれるのですか」

文之介はどうしてそれを、と思ったが、あえてきき返さなかった。

「そのつもりだ」

「お春さんに会いに」

「……ああ」

お克がお春のことを知っているとは意外だったが、考えてみれば大店同士だ。つながりはあるのだろう。

それに、青山と三増屋はそんなに離れているわけではない。

「そうですか」

お克がうつむく。

「私、家を出てきたんです。文之介さまにいいたいことがあって」

だから、供の帯吉も連れていないのだ。文之介は黙ってお克の言葉を待った。

お克は躊躇している。

やがて思いきったように顔をあげた。

「私、受けることにしました」

なにを、と文之介は問い返さない。そうか、とだけ口にした。

「ですから、これが文之介さまに会う最後かもしれません。これまでいろいろありがとうございました」

お克がにっこりと笑った。その笑顔には天女《てんにょ》を思わせる美しさがあった。

文之介は胸を打たれた。お克、と呼びそうになった。
嫁になんか行くことはない。
そういって、お克を自分の嫁にできたらどんなに楽だろう。
でも、それは逃げでしかない。俺はお春を嫁にしたいんだ。
だから、俺がお克にかけるべき言葉はない。
「では、これで失礼します」
一礼してお克が去ってゆく。涙を見せたくないのか、あわただしい去り方だ。
そうか、受けるのか、と文之介はお克を見送りながらぼんやりと思った。
すぐに暗澹《あんたん》とした。これをきいたら、勇七はどうなってしまうだろう。
まさか死ぬことはないだろう。だが、死ぬことは考えるかもしれない。
俺が支えてやらなきゃな。
しかし、お春に会いに行っている場合じゃなくなっちまったな。
なにか、またお春が遠くに離れていってしまったような気分になった。

二〇〇七年二月　徳間文庫

光文社文庫

長編時代小説

結《むす》ぶ 縁《えん》 父子《おやこ》十手《じって》捕物《とりもの》日記《にっき》

著者 鈴《すず》木《き》英《えい》治《じ》

2021年7月20日 初版1刷発行

発行者 鈴木広和
印刷 堀内印刷
製本 榎本製本

発行所 株式会社 光文社
〒112-8011 東京都文京区音羽1-16-6
電話 (03)5395-8149 編集部
8116 書籍販売部
8125 業務部

ISBN978-4-334-79223-7 Printed in Japan

組版 萩原印刷